KB092868

언니가 있다는 건 좀
부러운걸

언니가 있다는 건 좀 부러운걸

김민정 지음

폭스코너

CONTENTS

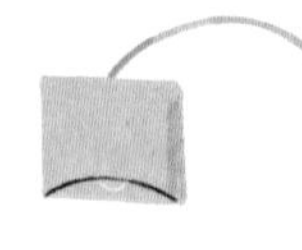

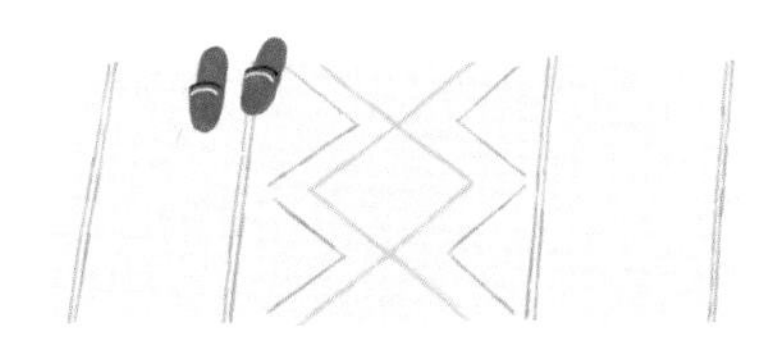

3 해를 품은 달

4 동백꽃 필 무렵

5 여명의 눈동자

0

슬기로운 언니의 드라마 사전

"드라마를 보기 위해 글을 쓰는 건지

글을 쓰기 위해 드라마를 보는 건지."

김민정

인생의 오답 노트

세상에서 제일 내 마음에 안 드는 사람이 있다면 그건 바로 나 '김민정'이다. 왜 그때 이런 말과 이런 행동을 했을까. 잠들기 전에 침대에 누워 오늘의 오답 노트를 쓰는 것이 나의 중요한 일과다. 한 번의 만남을 한 편의 스토리라고 생각하고 플롯을 검토한다. 다음번에는 이런 말과 행동은 하지 말고 저런 말과 행동을 해야지, 하고.

이 나이에 오답 노트라니! 학창시절 습관이 고질병처럼 남은 탓이라고 생각하겠지만, 이건 글 쓰는 작가라서 생긴 일종의 직업병이다. 내 인생의 주인공은 나니까 스스로 좋은 방향으로 인생을 퇴고하는 것이다. 그리하여 나는 '퇴고에는 끝이 없다'라는 신념으로 수십, 수백 명의 사람들을 내 인생의 자문위원으로 모셔놓았다.

고혜란, 나은진, 안영이, 오혜원, 박완, 주열매, 조이서, 김혜자, 이은정, 홍난희, 강미래, 한여름, 강선영, 정금자, 하노라, 배타미, 채송화, 장하리, 윤세리, 지해수, 정예은, 김복주, 성나정, 송지원, 여다경, 이지안, 쓰투모, 이수정, 서달미, 나봉선, 최애라, 한정오, 윤진아, 서이수….

내가 사랑하는 드라마 속 등장인물들이다. 나로부터 불멸의 삶을 허락받는 이들답게 그들은 시도 때도 없이 나를 따라다니며 조언을 아낌없이 퍼준다. 아낌없이 주는 나무. 아니, 아낌없이 주는 드라마랄까.

누군가 드라마는 작가의 상상력으로 지어낸 '허구(虛構)'인데 배울 게 뭐가 있느냐고 의구심을 가질지 모른다. 하지만 그냥 허구가 아니라 '그럴듯한' 허구가 바로 픽션이다. 지금 이 순간 누군가 글을 쓰고 있는 나에게 다가와 칼로 푹

찌른다면 사람들은 어떤 반응을 보일까. 만약 현실에서 실제 일어난 일이라면 다들 화들짝 놀랄 것이다. 갑작스레 사람이 죽는데, 그것도 누군가에 의해 죽임을 당하는데 놀라지 않을 사람은 없다. 하지만 그것으로 끝이다. 시간이 지나면 나의 죽음도 수많은 사건·사고 중 하나가 되어 사람들의 기억 속에서 지워진다. 내가 왜 죽어야만 했는지 이해가 안 돼도 그냥 넘어간다. 다들 사는 게 바쁘니까. 산다는 건 그런 거니까.

하지만 픽션은 다르다. 왜 이런 살인이 발생했는지 작가는 반드시 개연성을 부여해줘야 한다. 가령 내가 쓴 글이 너무 재미가 없어서 내 책을 구매한 독자가 분노해서 저지른 혐오 범죄라든지, 뭐 이런 거. 나 스스로 내 글이 재미없다니…. 왠지 내 발등을 내가 찍은 것 같은데…. 다시 한 번 강조하지만 개연성을 향한 작가의 집념은 재미없는 글을 쓰는 작가라는 오명을 감수할 만큼 집요하고 숭고하다. 현실보다 '더' 그럴듯한 허구를 만들기 위한 살신성인의 자세랄까. 내 한 몸 희생하여 드라마의 진정한 가치를 알릴 수만 있다면.

그리하여 나는 인생의 조언을 구할 때 누군가를 찾아가

기보다 드라마를 공부하듯 열심히 시청한다. 사적인 고민을 털어놓고 밤새 속앓이를 할 필요도 없고 내게 해준 조언이 무슨 이해관계에 얽힌 건 아닌지 의심하지 않아도 되고. 그러면서도 언제든 내가 원하는 시간에 가장 현실적인 조언을 얻을 수 있다.

슬기로운 언니의 드라마 사전

이 책은 내가 조언을 구했던 드라마와 그때 그 시절 조언을 구했으면 좋았을 드라마를 모은, 일종의 '자기계발서'다. 드라마 스무 편만 보면 성공한다, 드라마의 인생학 강의, 살아갈 날들을 위한 드라마 공부, 뭐 이런 거. 그리고 이 책은 일종의 '힐링에세이'기도 하다. 멈추면 비로소 보이는 드라마, 아프니까 드라마 보자, 바람이 분다 드라마가 좋다, 꾸뻬 씨의 행복 드라마 여행… 뭐 이런저런 거.

멀쩡한 책 제목을 두고 '슬기로운 언니의 드라마 사전'이란 부제를 남몰래 붙여놓고는 혼자 대견해하고 있다. 고백건대 나는 전혀 슬기롭지 않다. 여기에서 말하는 '언니'는 내가 아니라 드라마다. 드라마가 내 언니다. 나이가 무슨 소용이겠는가. 배울 게 많으면 언니지. 드라마는 나의 슬기로운 언니다. 내 마음이 천국과 지옥을 수시로 오갈 때마다 영혼의 버팀목이 되어주는 내 인생 최고의 자문위원. 그녀만큼 다양한 사건·사고와 다양한 희로애락을 경험한 사람을 나는 만나본 적이 없다.

이제 더 이상 언니가 있는 친구들을 부러워하거나 열 살 손녀를 둔 엄마에게 지금이라도 늦지 않았으니 언니를 낳아 달라고 조를 필요가 없어졌다. 언니는, 늘 내 옆에 있다. 그리고 이제부터는 당신 곁에도 있을 예정이다. 밤낮으로 환하게 우리 얼굴을 비추는 블루라이트 덕분에 눈이 부시지 않는가. 아, 오늘도 햇살이 찬란하겠구나.

1

태양의 후예

"세상을 바꾸진 못하겠지만

파티마의 삶은 바뀌겠죠.

그리고 그건 파티마에겐

세상이 바뀌는 일일 거예요. 그럼 됐죠."

김은숙

내 아이디는 강남미인

대학에 가면 저절로 살이 빠지고 저절로 남자친구가 생기는 줄 알았다. 다 거짓말인 줄 알면서도 그렇게 믿고 싶었다. 초등학교부터 고등학교까지 12년의 고된 여정을 버텨낸 결과가 별거 아니라면, 놀고 싶을 때 마음대로 못 놀고 쉬고 싶을 때 마음껏 쉬지 못하고 힘들게 이루어낸 결실이 그냥 '대학 진학'이라면 너무 허망할 것 같았다. 내가 이 꼴을 보려고 내 인생의 절반을 아낌없이 쏟아부은 것인가. 그럴 순 없지, 하는 마음으로.

너의 아이디는 얼굴 천재

〈내 아이디는 강남미인〉의 강미래(임수향)는 학창시절 못생긴 얼굴 때문에 심한 놀림을 당하고 자살 시도까지 한다. 하지만 대학 입학을 앞두고 성형수술로 얻은 예쁜 얼굴 덕분에 이전과는 다른 삶이 펼쳐질 거라고 기대한다. "새 얼굴, 새 인생, 대학 생활은 정말 행복하게 해보고 싶다." 강미래의 희망찬 내레이션으로 시작하는 드라마 1화 타이틀은 '오늘부터 예뻐요'다.

'성괴(성형괴물)'라고 뒷말이 붙긴 하지만 강미래는 학창시절처럼 아웃사이더로 소외당하거나 그룹에서 배제당하지 않는다. 오히려 늘 화제의 중심에 선다. 그녀는 신입생 오리엔테이션에서 댄스 신고식으로 학과 사람들에게 화려하게 눈도장을 찍는데, 가수 싸이의 뉴페이스 춤을 계기로 '얼굴 천재' 도경석(차은우)과 연인 관계로 발전한다.

극 중 강미래는 학과 동기 도경석과 함께 스무 살 대학생 새내기가 꿈꿀 만한 캠퍼스 로맨스를 아기자기하게 만들어간다. 함께 수업을 듣고, 함께 학생식당에서 밥을 먹고, 수업 과제라는 이유로 함께 영화관에서 영화를 본다. 학교 축제 날, 갑자기 과방의 문이 잠기는 바람에 단둘이 갇히게 되면서 로맨틱한 분위기가 연출되는데…. 이건 지나치게 상투적인 것 아닌가 하는 생각이 들기도 하지만 이미 드라마에서 많이 보아왔던 뻔한 설정이라서 그 느낌이 더 강한 전율로 돌아온다. 원래 세상에서 제일 무서운 맛이 이미 먹어본 맛, 아는 맛 아니던가. 아! 아~!

조인성과 차은우의 평행이론

미안하다. 이쯤에서 '슬기로운 언니'의 이름으로 〈논스톱〉의 저주에 관해 이야기해줘야 할 것 같다. 참고로 〈논스톱〉은 '문화대학교'라는 가상의 학교를 배경으로 펼쳐지는 대학생들의 캠퍼스 라이프를 그린 시즌제 청춘 시트콤이다. 2000년대 초반 10대, 20대 사이에서 많은 인기를 모은 전설적인 캠퍼스물. 조인성, 장나라, 장근석, 한예슬, 현빈, 이승기, 한효주…. 드라마를 거쳐간 청춘스타의 이름만 열거해도 숨이 벅찰 정도다. 물론 그중 돋보였던 것은 단연 조인성이다.

극 중 조인성은 학교 킹카 '조인성'이고, 박경림은 가난한 고학생 '박경림'이었는데, 두 사람은 '성림커플'이라는 애칭과 함께 시청자들에게 전폭적인 지지를 받았다. 박경림을 향한 무한 애정을 뿜어내는 〈논스톱〉의 조인성은 10대, 20대가 꿈꾸는 멋진 로맨스인 동시에 청춘의 판타지였다. 다른 남자와의 이별로 괴로워하는 박경림에게 "언제까지나 기다릴게"라고 애틋하게 사랑을 고백하는 조인성이라니! 조인성이란 이름은 당시 대학 캠퍼스를 로맨틱하게 만드는 마법의 주문이었다.

하지만 누가 알았으랴. 이건 조인성의 매직이 아니라 조인성의 저주였다. 〈논스톱〉을 보고 잔뜩 기대하고 대학에 입학했다가 실망했다는 사람들의 피해사례가 속출했다. 아무리 둘러봐도 캠퍼스에 조인성, 아니 조인성과 비슷하게 생긴 남자조차 찾아볼 수 없었다는 하소연이 한반도를 뒤덮었다. 아아, 현실은 어찌 이리 냉정한지요.

2000년대에 〈논스톱〉의 조인성이 있다면 2020년대에는 〈내 아이디는 강남미인〉의 차은우가 있다. 20년이란 세월이 흘렀지만 현실이 우리에게 가혹한 것은 여전하다. 드라마 월드 밖에 사는 우리가 중학교 훈남 동창과 같은 대학, 같은 학과에 우연히 입학해 캠퍼스 커플이 될 일은 현실에선 거의 불가능하다. 무엇보다 그 남자 동창이자 학과 동기가 배우 차은우처럼 얼굴 천재일 가능성은 1도 없다. 음음, 이럴 때는 재빠르게 태세전환이 필요하다. 대학은 연애하러 가는 곳이 아니라 학문의 전당이자 진리를 탐구하는 상아탑이라는 걸 가슴 깊이 새기자.

부러우면 지는 거다

학과 최강 훈남 도경석과 알콩달콩 연애하는 강미래와 여중-여고-여대로 이어지는 '수녀라인' 김민정이 닮은 점이 있다면 단 하나, 평소 자신이 꿈꾸던 학과에 진학했다는 점이다. 강미래는 극 중 한국대학교 화학과 1학년으로 나오는데, 잡지에 실린 글을 보고 조향사의 꿈을 갖는다. "향수의 아름다움이 진실된 이유는 보이지 않기 때문이다. 향기는 눈을 가리고도 느낄 수 있는 유일한 아름다움이 아닐까. 보여지는 아름다움만을 원하는 세상에 진절머리가 난 사람들에게 이 무형의 미가 위안이 되리라 믿는다."

화학과에 진학한 덕분에 강미래는 조향사란 꿈에 한 발 더 가까이 다가가고, 내면의 아름다움을 소중히 하는 마음으로 그녀를 사랑해주는 영혼의 동반자 도경석도 만난다. 그가 향수회사 대표 아들이란 건 덤이다. 일거양득이라는 표현이 이보다 잘 어울리는 상황이 또 있을까. 부러우면 지는 거다.

꿈도 많고 탈도 많던 학창시절을 힘겹게 통과하면서 내가 마음에 둔 전공은 신문방송학이었다. 지금의 미디어커뮤니케이션 전공. 대학에 가면 나와 비슷한 취향을 가진 사람들과 조금 더 깊고 진한 유대감을 누릴 수 있을 거라고 나는 기대하고 고대했다. 강미래의 나비효과와 비교하면 상대적으로 너무나 소박한 희망사항이었다. 나는 그저 드라마를 보고 같이 이야기할 친구가 필요했다. 나만의 소울메이트. 그 영혼의 단짝이 이성 친구였다면 더 좋았겠지만.

이상과 현실 사이에는 큰 틈이 존재했다. 인기가 많은 전공이라는 이유만으로 영혼 없이 학과를 선택한 사람들이 너무나 많았다. 취직이 잘된다나 뭐라나. 나의 예상과는 달리 TV나 라디오를 즐겨 보고 듣는 동기들을 찾기 어려웠다. 오, 신이시여. 나의 대학 새내기 시절은 그렇게 허무하게 막을 내렸다. 사랑하는 연인도 소울메이트도 없이.

응답하라, 복수지망

이상향 토너먼트를 진행하듯 수능시험이 끝나고 이 대학과 저 대학 사이에서 이리저리 갈팡질팡했다. 금욕의 수험 생활이 끝났다는 생각에 가끔 후련했고 대체로 우울했다. 이 대학과 저 대학의 장점과 단점은 너무나 명확했고 단 한 번의 선택으로 인생이 180도 달라질 수 있다는 사실에 두려움을 넘어 공포를 느꼈다.

그래도 인생이 좀 살 만하다고 느낀 건 여러 개의 대학에 복수 지원할 수 있다는 점이었다. 이 대학이 아니라면 저 대학으로, 저 대학이 아니라면 이 대학으로 갈 수 있는, 내게 허락된 아주 소량의 자유가 마음을 한결 편안하게 해주었다. 그래서 준비했다. '슬기로운 언니'가 제안하는 스무 살 대학 새내기의 2지망, 바로 〈응답하라 1994〉다.

신촌에 있는 이웃 대학 신입생들의 이야기를 다룬 〈응답하라 1994〉를 보는 동안 가슴 한쪽이 계속 뭉클했다. 내가 갖지 못한 그 시절의 한 부분을 뒤늦게 선물 받는 기분이었다. 성나정을 향한 야구선수 칠봉이의 헌신적인 사랑 때문이 아니다. 그의 순애보도 감동적이었지만 그보다 내 시선을 잡아끈 것은 '스무 살' 성나정을 둘러싼 다양한 지역 출신 친구들이었다. 삼천포, 해태, 윤진이, 빙그레….

한집(하숙집)에 함께 살고 있기에 더 단란해 보이는 그들의 유사가족 공동체는 '서울 깍쟁이' 혹은 '서울 촌놈'의 눈에는 비현실적인 판타지처럼 보였다. 하지만 판타지의 매력이란 원래 현실의 대척점에서 우리 안의 결핍을 따뜻하게 품는 것으로부터 시작되는 법. 전라도에서 충청도까지 각양각색 사투리의 향연을 보며 나는 저런 것이 진짜 대학다운 것인데, 하고 감탄했다. 하숙집에 모여 함께 식사하는 장면이 가히 장관이다. 푸짐하게 차려진 반찬에다가 고향에서 보내온 지역 특산물까지 더하면 와우! 하숙집에 대한 로망이 하얀 김처럼 모락모락 피어 오른다.

인근 지역에 사는 아이들로 구성된 초중고와 달리, 대학은 전국구 모집이기 때문에 나와 전혀 다른 배경의 사람들과 친구가 될 수 있는, 그야말로 열린 세계다. 같은 서울이라고 할지라도 관악구가 다르고 강동구가 다르다. 아, 안타깝다. 그 시절의 나는 좁은 시야로 나와 같은 취향과 관심사를 가진 사람만 열심히 찾아다니다가 다양성이 주는 오묘한 세계의 맛을 놓치고 말았다.

시간이 지나고 나니 결국 남는 건 대학이란 공간도 아니고 새내기라는 시간도 아니었다. 그 안에 있는 사람들이었다. 아, 멈추면 비로소 보이는 것들, 돌아보아야 보이는 것들.

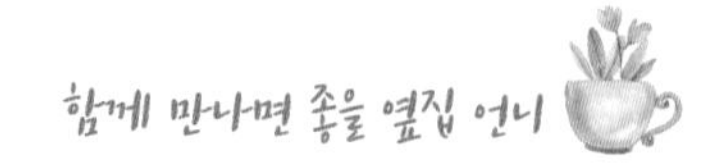

신혜 〈좀 예민해도 괜찮아〉 시즌 1

스무 살을 떠나보내기 아쉬워 하나 더 준비했다. 이름하여 3지망. 〈내 아이디는 강남미인〉이 달콤한 로맨스 드라마라면, 〈응답하라 1994〉가 따뜻한 홈드라마라면, 〈좀 예민해도 괜찮아〉는 유익한 성장드라마다. 대학 새내기가 겪을 수 있는 젠더 이슈를 매회 하나씩 다루며 실질적인 대처법을 알려준다. 학교 인권센터에 가서 상담받는 것 못지않게 이상과 현실의 적절한 균형 아래 재미있게 이야기가 진행된다.

남자 선배의 불쾌한 신체접촉, 여자 학우를 성적 대상으로 한 남학생 단톡방, 상대방의 동의 없는 성관계 동영상 촬영 등등 극 중 스무 살 여자주인공 '신혜'는 젠더 사건을 겪으면서 삶의 진정한 주체로 성장하는데, 드라마를 보고 있으면 신혜와 더불어 나 스스로도 한 뼘쯤 성장한 것 같아 괜히 뿌듯해진다. 왠지 모를 성취감이 느껴진달까. 드라마를 보고 이렇게 스스로 칭찬해주기는 거의 처음이지 않나 싶다. 시즌 통합 누적 조회수 7천만 뷰가 괜히 나온 게 아니다.

역도요정 김복주

연애하러 대학에 다니는 건 아니지만 대학 생활에서 연애를 빼면 무슨 재미가 있나 싶다. 제2외국어 마스터나 히말라야 트레킹 같은 건설적인 계획을 세우는 것도 중요하지만 꽃다운 스물한 살에 꼭 해봐야 할 일 중 하나가 바로 연애, 그중에서도 캠퍼스커플(CC)이다. 중고등학교 때 이미 만나볼 만큼 만나본 사람들이야 CC에 대한 로망이 크지 않겠지만 여중, 여고를 다닌 나에게는 드라마에서나 볼 수 있는 별세계였다.

여대 다녔으면서 무슨 CC 타령이냐 할 수도 있는데, 여자만 다니는 대학에 다닌다고 해서 CC가 될 수 없는 건 아니다. CC에서 두 번째 'C'는 커플로 정해져 있지만 처음 'C'의 자리에는 Campus 말고 다른 단어를 대입해볼 수도 있다. 가령, Church라든가. 음음.

우정과 사랑 사이

〈역도요정 김복주〉는 그냥 보고만 있어도 마음이 저절로 풋풋해지는 캠퍼스 드라마다. 배우 이성경과 남주혁의 연기가 밝고 맑고 명랑하다. 연기가 아니라 실제 자신을 그대로 보여주는 게 아닐까 싶을 정도로 자연스럽다. 많은 세월이 흘렀음에도 이 드라마를 보면 스물한 살 그때 그 시절로 돌아간 듯한 착각이 든다. 청춘이 그리울 때마다 몰래 꺼내 보고 싶은 드라마랄까.

스물한 살 김복주(이성경)는 전국체육대회에서 금메달을 딴 역도부 유망주다. 체격이 또래 여자들보다 큼지막한 탓에 리듬체조부 여학생들에게 놀림을 당하는 것이 일상이다.

그렇게 상투적으로 흘러갈 것 같은 복주의 삶에 한 남자가 불쑥 등장한다. 수영부 훈남 정준형(남주혁). 알고 보니 두 사람은 초등학교 동창. 반가운 마음에 준형은 복주를 어린 시절 별명인 '뚱'이라고 짓궂게 놀린다. 복주는 뚱한 얼굴로 씩씩거리며 발끈하고, 준형은 약올라 하는 복주의 모습이 귀여워 또 놀리고. 두 사람은 전형적인 남사친 여사친의 '티키타카' 과정을 거치며 가까워진다.

체육대학을 배경으로 한 캠퍼스 드라마답게 두 사람은 운동을 매개로 마음이 점점 깊어진다. 부정 출발 트라우마에 시달리는 준형에게 복주는 직접 접은 종이 두꺼비를 선물하며 행운의 부적이라 이름 붙여준다. 준형은 첼로 전공이라 속이고 비만 클리닉을 다니며 담당 의사를 혼자 좋아하다가 그 사실이 탄로 나버린 복주를 위해 오락실도 함께 가고 술도 마셔준다. 역도요정에게 체중 감량이라니. 놀리는 것도 잠시 진심으로 위로해준다.

실연 후유증으로 힘들어하는 복주를 달래주기 위해 간 바닷가에서 준형은 속마음을 털어놓는다. 엄마가 재혼하면서 큰집에 맡겨졌고, 지금의 부모님은 사실 큰엄마, 큰아빠

였다고. 형이라고 불렀던 그 비만 클리닉 의사는 사촌 형이라고. "누구나 마음속에 묻어두는 아픈 감정들이 하나둘씩 있잖아. 정리되면 정리되는 대로 안 되면 안 되는 대로 살고 그러다 보면 담담해지고. 너도 금세 그렇게 될 거라고." 준형은 자신의 비밀까지 털어놓으며 복주를 위로해주는데, 그러다가 문득 복주를 안쓰럽게 여기는 마음이 사랑이었다는 걸 깨닫는다.

"바보야, 내가 너 좋아한다고. 친구로 말고 여자로. 네가 안 보이면 궁금하고 우울하면 마음 쓰이고 웃으면 기분 좋고 아프면 걱정되고, 그래서 미치겠다고. 이거 좋아하는 거 맞잖아."

준형의 사랑 고백에 내가 김복주도 아닌데, 덩달아 가슴이 두근거리고 왠지 먼지 쌓인 졸업 앨범을 뒤적거려야 할 것 같은 생각이 드는데…. 〈역도요정 김복주〉의 복주와 준형은 초등학교 동창, 〈내 아이디는 강남미인〉의 미래와 경석은 중학교 동창. 이거 이거 동창 없는 사람은 서러워서 살겠나, 원.

드라마 볼 때 실제 연애보다 '내 것인 듯 내 것 아닌 듯한' 썸이 훨씬 더 설레고 좋다. 훈훈한 외모의 주인공들이 자신이 가진 것을 총동원해서 매력을 발산하는 시간이랄까. 그걸 옆에서 지켜보는 시청자는 그저 감사할 따름이다. '친구로서 좋은 거지, 남자로서 생각해본 적 없다'는 복주에게 준형은 '심쿵' 대사로 심장을 저격한다. "그럼 지금부터 생각해보면 되겠네. 앞으로 딱 한 달만 나 만나봐. 그러면서 남자로서 매력이 있나. 남자친구로서 어떤가. 써먹을 만한가. 충분히 체험해보고 반품할지 어떨지 결정하라고."

당연한 결과지만 둘은 서로의 마음을 확인하고 사귀는 사이가 된다. 그리고 캠퍼스커플이란 상황을 최대한 이용해 알콩달콩 둘만의 시간을 즐긴다. 역도부와 수영부의 조깅 시간이 겹칠 때 운동장에서 슬쩍 끌어안기, 학생식당에서 우연히 만난 척 학식 함께 먹기, 옆자리에 앉아 테이블 밑으로 몰래 손잡기….

사랑과 재채기는 숨기려 해도 절대 숨길 수 없다는 말이

괜히 있는 게 아니다. 자기들만 모르지, 남들은 다 아는 게 캠퍼스커플이다. 일종의 '공식적인 비밀'이랄까. 대학에서 몇 년째 대학생들과 어울리다 보니 나도 모르게 캠퍼스커플 관련 에피소드가 넘쳐난다.

사연 하나. 책상 아래에서 손을 잡으면 아무도 못 볼 걸로 생각한 모양이다. 하지만 강의실 책상이 가림막 없이 앞이 뻥 뚫려 있다는 생각까지는 미처 못한 것 같다. 함께 나란히 앉아 강의 듣는 친구들은 보기 어렵겠지만 앞에서 강의하는 나는 '방구석 1열'의 자세로 수업 내내 강제 감상했다. 로미오와 줄리엣처럼 단호한 결의로 맞잡은 두 손이 어서 빨리 강의를 끝내라고 재촉하고 있었다.

사연 둘. 작품 보는 안목도 뛰어났지만 무엇보다 블랙 가죽점퍼 때문에 존재감이 남다른 복학생이 있었다. 어느 날, 한 여학생이 합평 받을 순서가 되었다. 평소 다른 학생들이 말하는 걸 듣고 있다가 자신의 의견을 내던 그 복학생은 선전포고하듯 제일 먼저 입을 뗐다. 요리 보고 조리 보고 하였으나 아무튼 이건 좋다. 허허, 예상했겠지만 다른 학생들이 작품의 미흡한 점을 이야기할 수 있는 분위기가 아니었다. 이걸 혹기사라고 불러야 하나, 가죽점퍼 입은 수호천사라고 불러야 하나. 그냥 대놓고 연인이라고 해야 하나. 왜 둘이 멀찌감치 따로 앉아 있는 걸까.

그리고 이어지는 사연 셋, 넷, 다섯 그리고 백만스물하나….

캠퍼스커플의 빛과 그림자

사귈 때는 너무너무 좋은데, 헤어지고 나면 '개미지옥'인 게 캠퍼스커플이다. 한 명이 사라지거나 죽어야 끝이 난달까. 남자는 군대에 가고 여자는 휴학하고. 복학생이 연애하다가 이별한 경우에는 아직 그 고통을 줄여주는 신약이 개발되지 않았다. 투명인간처럼 지내다 조용히 졸업하거나 과제 좀비가 되어 도서관에 처박혀 있는 수밖에.

〈역도요정 김복주〉의 연인도 이별 위기에 놓인다. 복주가 국가대표가 되어 태릉선수촌에 들어가게 된 것이다. 체대생만의 고충이라면 이런 게 아닐까 싶은데, 대체로 비체대생들이 남자의 입대나 여자의 취업으로 이별 위기를 맞이하는 것과는 좀 다르다. 준형은 자신 역시 국가대표에 선발되어 동반 입촌하겠다고 약속하지만 아쉽게도 대회에서 2위에 입상해 국대가 되지 못했다. 이렇게 서로 멀어지나 싶었는데, 두 사람은 각자의 위치에서 서로를 응원하며 굳건히 사랑을 지켜나간다. 이 지점에서 〈역도요정 김복주〉는 내 마음속 최고의 청춘 드라마로 등극한다.

태릉 입소를 앞두고 두려움과 설렘으로 잔뜩 긴장한 복주를 위로해주는 준형. "걱정 마. 복주야, 넌 잘해낼 거야. 넌 네가 생각하는 것보다 훨씬 강하고 훨씬 예쁘고 어디에서나 반짝반짝 빛날 거야." 이보다 사랑스러운 남자가 세상에 또 있을까. 금메달을 따고 돌아온 복주가 공항에서 단체 사진을 거부하고 제일 먼저 한 일이 준형에게 달려가 안기는 거라는 건 굳이 언급하지 않아도 될 것 같다. 당연하니까. 누구라도 그렇게 했을 테니까. 위기가 닥쳤을 때 사람의 진짜 가치가 드러난다. 정준형은 훈훈한 외모만큼 자존감도 훈훈하고 인품도 훈훈한 남자였다.

2년 후 국가대표가 된 준형은 복주에게 결혼하자고 청혼한다. 첫사랑에서 결혼까지? 이런 건 드라마니까 가능한 판타지 아닌가 의심하고 싶겠지만, 드라마보다 더 드라마 같은 인생을 산 사람들이 내 주변에는 널려 있다. 나의 부모님은 학과 동기로 7년 연애 끝에 결혼한 캠퍼스커플이고, 두 살 터울의 친오빠는 스무 살부터 12년 동안 교제하고 결혼한 캠퍼스커플이다. 이쯤 되면 세상에서 제일 쉬운 일이 대학 입학과 동시에 캠퍼스커플이 되어 영원한 사랑의 급행열차를 타는 것이 아닐까 싶은데, 정말 요지경 세상이다.

이지안 〈나의 아저씨〉

우리가 아는 스물한 살은 대부분 스스로 희망찬 미래를 개척하는 대학생의 얼굴을 하고 있다. 〈역도요정 김복주〉의 김복주는 세계대회에 나가 금메달을 따서 금의환향하고, 〈응답하라 1988〉의 성보라는 군부독재 정권 아래 자유와 평등을 부르짖으며 좋은 나라를 만들기 위해 헌신한다. 〈스카이캐슬〉의 차세리는 가짜 하버드 학생 행세를 하다가 학교로부터 거액의 소송이 걸리긴 하지만, 부모님이 정해준 길에서 벗어나 자신의 진짜 삶을 찾아나선다.
여기서 잠깐! 모든 스물한 살이 청춘이란 이름으로 반짝반짝 빛이 나는 건 아니다. 가끔 우리는 너무 쉽게 자신의 경험을 일반화하고 그걸 타인에게 적용할 때가 있다. 내게 당연한 것이 누군가에게는 이루기 어려운 꿈일 수 있고, 내게 익숙한 것이 누군가에게는 늘 동경하던 인생일 수 있다.
여섯 살에 병든 할머니와 단둘이 남겨진 외로운 삶. 사채 탓에 밤낮으로 아르바이트에 시달리는 고달픈 삶. 식당에서 손님들이 남긴 음식으로 한 끼 식사를 때우는 빈곤한 삶. 〈나의 아저씨〉의 '스물한 살' 이지안(이지은)에게 허락된 유일한 행복은 하루 한 번 타 마시는 두 봉의 커피믹스뿐이다. 그런 그녀 앞에서 캠퍼스커플 운운할 수 있을까. 사랑에 설레어 하고 이별에 눈물 흘려도 되는 걸까. 그녀 주변에 있는 사람이라고는 매일 찾아와 폭력을 행사하고 빚 독촉을 하는, 한때는 친구였지만 지금은 불법 채권자인 이광일(장기용)뿐인데.

〈나의 아저씨〉를 보며 평행 세계에 살고 있을 또 하나의 나를 상상해본 적이 있다. 나의 청춘을 보호해줄 든든한 울타리가 없었다면, 내가 대학에 들어가지 않거나 그러지 못했다면 지금의 나는 어떻게 달라졌을까. 그 상상은 그리 오래가지 못했다. 나 자신이 스스로 이루어낸 것으로 생각했던 모든 것이 누군가의 도움과 누군가의 배려, 그리고 누군가의 희생 덕분이었음을 깨달았기 때문이다. 나는 그저 운이 좋았을 뿐이다. 그 운이 내게 왔다는 안도감보다 그동안 내가 미처 눈치채지 못한 생(生)의 어두운 이면에 숙연해졌다.

명랑한 김복주, 소신 있는 성보라, 영악한 차세리, 그리고 끝끝내 삶을 포기하지 않고 자기 자신을 지켜낸 단단한 이지안이 우리가 기억해야 할 스물한 살 청춘의 얼굴이라고 꼭 이 책에 기록하고 싶다. 우리의 스물한 살, 나의 이지안.

청춘시대

아름다운 이별은 없다. 이별이 지나간 자리는 늘 지저분하고 더럽다. 비참함과 처량함에 있어 강도와 밀도의 차이는 있겠지만 아프고 슬프다는 사실에는 변함이 없다. 자신이 어디까지 추락할 수 있는지 궁금하다면 이별을 '열심히' 해보라고 조언해주고 싶다. 내가 얼마나 연약하고 치졸하고 의지박약인지 절실히 깨달을 수 있을 것이다. 자아 성찰은 물론이고 인간에 대한 깊은 이해까지 덤으로 얻는다.

스물두 살이면 잔혹한 이별 에피소드 하나쯤은 가슴에

품고 산다. 나한테 돈 빌리고 잠수탄 남친 이야기, 내 친구와 바람나서 훌훌 떠나간 연인 이야기, 군대 간다고 속이고 다른 여자로 갈아탄 애인 이야기, 그리고 그놈이 그놈인 이야기….

스물두 살의 앞모습

시즌제 드라마 〈청춘시대〉는 각기 다른 나이와 성격의 여대생들이 등장해 자기만의 스토리를 하나씩 풀어낸다. 그 중 내 시선을 사로잡은 건 역시나 스무 살 유은재다. 나는 그녀가 어떤 스물두 살로 자라날지 시즌 1과 2에 이어 시즌 3을 열렬히 기다리는 애청자 중 한 명이다.

시즌 1에서 은재(박혜수)는 대학에 갓 입학한 심리학과 1학년이다. 세 살 차이 나는 학과 선배와 알콩달콩 썸을 타다가 정식으로 사귀고 나서는 더 알콩달콩하게 연애하는 대학 새내기. 은재의 풋풋한 첫 연애는 그저 바라보는 것만으로도 설렘이 전염되는 강력한 매직을 발휘한다. 홍대에서 고교동창 모임을 하다가 술에 취한 상태에서 은재를 찾아온 종열

(신현수). 친구들이 여자친구를 부르라고 했는데 안 불렀다고 호기롭게 이야기하자 은재가 묻는다.

"왜 나 안 불렀어요?"

"내 거니까. 나만 볼 거니까."

종열의 직진 고백이 좋으면서도 처음 느껴보는 감정이 쑥스러워 은재는 고개를 푹 숙인 채 벤치에 앉아 두 다리만 앞뒤로 흔들어댄다. 그날 두 사람은 첫 키스를 한다.

내친김에 '내 거' 시리즈 2탄도 꺼내보자. 내 것도 아닌데, 뭐.

은재는 운동장에서 친구들과 축구하는 종열을 지켜보다가 실수로 발목을 접질린다. 그 모습을 목격한 종열은 세상이 무너진 듯한 얼굴로 급하게 달려온다. "조심 좀 하지. 이제부터 니 몸은 니 몸이 아니야. 절반은 내 거야. 응? 진짜야. 콕 집어서 어느 부위가 내 건지 말해줄 수도 있는데…." 종열은 은재의 다친 발을 어루만져주다 신발을 다시 신겨주는데, 종열의 머리를 쓰다듬던 은재는 부끄러운 듯 급히 손을 거둔다. 기다렸다는 듯 종열은 사랑의 총알을 또 날린다. "괜찮아. 만져도 돼. 난 다 니 거니까 마음대로 만져."

너무나 유치해서 너무나 달콤한 은재의 첫 연애는 〈청춘시대〉 시즌 2를 향한 무한 기대를 품게 하였다. 그런데 시즌 2에서 둘은 이미 헤어진 상태로 재등장한다. 이별 후 처음으로 맞이한 개강 날, 화장실에서 "괜찮아"로 자기 주문을 걸고 있는 쓸쓸한 은재라니! 내가 전혀 상상하지 못한, 아니 그 끝을 알고는 있었지만 이렇게 빨리 그곳에 도착할 줄은 몰랐다. 방심했다.

이별한 걸로 깨끗하게 끝났으면 그나마 덜 가슴이 아플 텐데, 종열 선배와 다시 사귀기 위해 노력하는 은재의 모습이 짠하게 그려지면서 그걸 지켜보는 나의 심장 또한 완전히 폐허가 되어버렸다. 이유 없이 변심한 남자를 어떻게 돌려세우겠는가. 돌이킬 수 없는 건 지난 학기의 낮은 학점만이 아니다. 사랑도 그렇다. 지나간 사람은 그냥 지나가게 놔둬야 한다. 그 무서운 진리를 은재는 직접 몸으로 아프게 배우고 나서야 첫 연애의 종지부를 찍는다. "우리 모텔 가요"라고 최후의 무기를 내민 은재에게 종열은 황당함을 넘어 모욕감을 느끼고 차가운 타인의 얼굴로 매몰차게 돌아선다. 그렇게 둘은 가장 비참한 이별의 민낯으로 서로의 인생에서 퇴장한다.

"이번이 첫 연애고 첫 실연이라서. 그래서 그랬어요. 모두 다 처음 겪는 감정이라서. 그래도 그러지 않았으면 더 좋았을 텐데. 미안해요. 그리고 고마워요." 스무 살 첫사랑, 스물한 살 첫 이별, 그리고 내가 모르는 곳에서 맞이할 은재의 첫 '스물두 살'이 어떤 모습일지 궁금하고 또 걱정스럽다.

스물두 살의 뒷모습

셰어하우스 앞에서 은재가 설렘 가득한 얼굴로 종열과 처음 키스할 때, '스물두 살' 예은(한승연)은 2층 창문으로 그 장면을 내려다보고 있었다. 그때 예은은 어떤 생각을 하고 있었을까. 은재의 러브스토리가 성인을 위한 잔혹 동화라면 예은의 연애담은 〈연애의 참견〉에 등장하는 하드코어 버전 사연에 가깝다. 설마 나는 아니겠지, 내 남친은 절대로 안 그러겠지, 했던 그 이야기가 모두 예은의 연애담에 똬리를 틀고 있다.

스물두 살 정예은은 식품영양학과 3학년으로 사랑에 웃

고 사랑에 우는 세계 최강의 로맨티스트다. 사랑 없이는 못 사는 그녀는 세계 최강의 연애 호구이기도 한데, '여우' 같은 얼굴로 '곰'처럼 미련하게 한 남자만을 사랑하며 처량함의 끝판왕을 보여준다.

음양의 조화, 아니 선악의 균형인가. 착한 여자에게는 늘 똥파리처럼 나쁜 남자가 꼬인다. 예은의 남자친구 '고두영'(지일주)은 역사에 길이길이 남을 나쁜 남자의 전형이다. 약속에 늦어 여자 혼자 길에서 기다리게 하는 건 기본이고, 예은과 함께 사는 '강언니'에게 몰래 작업 걸고 그것이 발각되자 여자가 먼저 작업 건 거라고 야비한 수작을 부린다. 이것만으로도 쓰레기로 폐기될 자격 요건이 충분하지만, 못난 놈이 엉덩이에서 뿔 난다고 그는 열등감과 폭력성까지 두루 소유한 이 시대의 보기 드문 '완벽남'이다.

에피소드 1. 기념일 날, 예은이 명품 옷을 선물하자 남자는 브랜드를 확인하고는 흡족한 듯 활짝 웃는다. 그러고는 자신은 길에서 무료로 받은 샘플 향수를 준다. 이에 예은이 실망하자 오히려 화를 낸다. "왜 마음에 안 들어? 싼 거라 그래?" 그리고 이어지는 반강제적 섹스.

에피소드 2. 예은과 남자는 데이트하다가 동물보호법 길거리 홍보지에 나란히 사인을 하고 영화관으로 향한다. 이때 갑자기 영화 볼 기분이 아니라며 예은을 셰어하우스로 데려다주는 남자. "내려." "내가 뭘 잘못했는데?" "몰라서 물어?" "나 진짜 모르겠어." "그래서 니가 나쁘다는 거야. 싸가지 없고. 너 서명할 때 대학은 왜 썼냐?" "어?" "나보다 좋은 대학 다닌다고 유세 떤 거 아니야?" "아니, 그건 직업란이 있으니까" "그냥 대학생이라고 썼어도 됐잖아. 됐으니까, 내려." 남자는 거칠게 예은을 끌어내 바닥에 내동댕이친다.

에피소드 3. 우여곡절 끝에 예은은 남자와 헤어진다. 하지만 학교에 찾아온 남자에게 납치되어 2박 3일 동안 감금당한다. "네가 뭔데 날 비웃어?" 자신을 그냥 지나쳤다는 이유로 예은을 폭행하는 남자. 사건 트라우마로 인해 예은은 정신과 치료를 받고 학업을 중단한다.

사랑스러움 그 자체였던 예은은 한 남자와의 잘못된 만남 때문에 검은 옷에 검은 머리를 길게 늘어뜨리고 다니는 어두운 그림자로 변해버린다. 첫 실연으로 힘들어하는 은재에게 '이 분야 전문가'라고 불리며 조언을 건네기도 하지만 예은이 보여주는 스물두 살의 얼굴은 예전만큼 밝지 않다. 다행히 1년이 지나 스물세 살이 된 예은은 연애에 쑥맥이지만 진국인 천재 성향의 자폐 기계공학과 학생 권호창(이유진)과 연애를 다시 시작한다. 하지만 잃어버린 그녀의 스물두 살은 어디에서도 되찾을 수 없다. 권호창이 "착하고 예쁜 사람, 맞아요"라고 위로해도 밝고 명랑한 스물두 살의 예은은 더 이상 세상에 존재하지 않는다.

송지원 <청춘시대>

한쪽은 사랑으로 시작해 이별에서 끝나고 다른 한쪽은 이별에서 시작해 사랑으로 끝난다. 스물두 살의 앞모습과 뒷모습은 완전히 다른 듯하지만 서로 닮았다. 이제 조금씩 연애의 어두운 면을 배워간다는 것. 그렇게 빛과 그림자의 공존에 대해 점점 알아가는 나이가 스물두 살이다.

사랑에 대해 엄청 대단한 발견이라도 한 것처럼 무게 잡고 이야기했지만, 세상에는 흑과 백, 선과 악처럼 앞과 뒤만 있는 건 아니다. 옆도 있다. 김밥 말 때 괜히 옆구리가 터지는 게 아니다. 오이, 단무지, 햄, 어묵, 시금치 등 잡다한 고민으로 인생이 빵 터지기 일보 직전의 풍선처럼 버거워질 때, 휴~ 하고 조용히 한숨을 내쉬는 센스. 이런 게 다 연륜이고 여유고 삶의 노하우다.

스물두 살의 '옆'모습. 모태솔로의 위대함을 몸소 증명해주는 '스물두 살' 송지원(박은빈) 이야기다. 사랑에 울고 웃는 이 감정 소모적인 시대의 진정한 위너. 청춘 드라마에서 홀로 당당하게 무소의 뿔처럼 자기 길을 가는 그녀의 존재감은 가히 다른 캐릭터들을 압도한다. 송지원은 세상의 모든 남자를 남사친으로 만드는 마력의 소유자로 "저렇게 준비 안 된 건 필드로 나가고 오래전부터 준비된 나는 만년 벤치에 앉아" 있다며 하소연을 한다. 하지만 알고 보면 그녀는 남다른 내공을 가진 재야의 고수다.
헤어진 남친이 같은 학과 선배라서 여러모로 곤란하다는 은재에게 조언하는 '쏭'(송지원)의 말을 들어보라. 연애라면 산전수전 공중전까지 다 겪어본 예은이 "누가 보면 연애 쉽하게 해본 줄 알겠네" 타박하자 지원은 당당하게 반박한다. "꼭 해봐야 아남요? 어? 똥인지 쌈인지 꼭 찍어 먹어봐야 알아요? 걱정하지 마. 다 지나가. 다른 사람들이 죄다 너만 보고 네 얘기만 하는 거 같지? 안 그래. 사람들 네 일에 관심 없어. 너만 네 일에 관심 있는 거야." 허허, 이건 사랑의 진리인 동시에 인생의 진리 아닌가. 그녀는 이미 인생에 달관한 구도자의 단계에 도달한 것이 틀림없다. 가만히 생각해보면 청빈한 스님도, 신실한 신부님도 모두 순결한 싱글이다.

지원은 동갑내기 학보사 동기 성민과 티키타카하며 친구와 연인 사이를 오가는데 이것 또한 보통의 내공으로는 절대 할 수 없는 고난도 기술이다. 지원이 위기에 처할 때 가장 먼저 달려오고, 지원의 부탁이라면 툴툴거리면서도 다 들어주고 어디든 같이 가주고. '불쌍한 모쏠'이란 미디어가 만들어낸 얄팍한 편견에 갇혀 우리는 그동안 송지원의 가치를 과소평가했다. 본질을 보지 못하고 현상만 본 것이다. 아, 우매한 중생들이여!

나 역시 삼십 대 중반까지는 사랑을 받아보고 사랑을 주어본 경험이 인생을 풍요롭게 하는 거라고 굳게 믿었다. 짧은 소풍 끝내고 하늘로 돌아갈 때 결국 남는 건 사랑했던 추억밖에 없는 거라고 여기며 지금 사랑하지 않는 사람은 모두 유죄라는 말을 되뇌며 살았다. 하지만 지금의 나는 그때의 나와 생각이 다르다. 그때는 맞지만 지금은 틀린 것이 뭐 이거 하나뿐이겠는가.

누구나 공평하게 실연의 상처는 아프고 슬프다. 좋은 대학에 다닌다고 해서, 금수저라고 해서, '송혜교'급 아름다운 외모를 가졌다고 해서 이별이 남들보다 덜 고통스럽지 않다. 어떻게 해서든 이별과 실연을 경험하지 않는 것이 좋다. 가능한 한 타율을 높여야 한다. 사랑도 인생도 성공도 결국 한 방이다. 한 놈만 걸리면 된다. "넌 가끔 선을 넘을 때가 있어"라는 성민의 대사를 잘근잘근 씹어보면 결국 우정과 사랑 사이에서 그 경계선을 자기 마음대로 통제할 수 있는 사람은 성민이 아니라 지원이라는 걸 알 수 있다. 밀당의 고수는 역시 소리 없이 강하다. 시즌1 과 시즌 2에서 상대 남자가 바뀌지 않은 건 송지원뿐이다. 아, 송지원이란 이름을 찬양할지어다.

스물세 살
채연

내 연구실 문에는 정현종의 시 〈방문객〉의 한 구절이 쓰인 카드가 붙어 있다. "사람이 온다는 건 실은 어마어마한 일이다. 그는 그의 과거와 현재와 그리고 그의 미래와 함께 오기 때문이다. 한 사람의 일생이 오기 때문이다." 인생의 모든 희로애락을 어깨에 짊어진 듯 무거운 발걸음으로 나를 찾아오는 학생들이 있다. 바로 졸업을 앞둔 4학년들이다.

스물세 살. 입학하고 계속 학교에 다녔다면 대학교 4학년일 나이. 졸업하고 사회에 나갈 날이 얼마 남지 않았다는 생각에 마음이 잔뜩 조급해질 나이. 2년제 대학을 다녔다면 이미 사회에 나갔거나 편입을 준비하며 조금 더 학생으로 남고 싶다는 생각이 간절해질 나이. 그렇게 이상과 현실 사이에서 울고 웃으며 평범하게 사는 것이 세상에서 제일 어려운 일이라는 걸 어렴풋이 깨닫는 나이. 그리하여 인생이 뭔지 대충 감 잡은 것 같지만 아직은 모르는 척 외면하고 싶은 나이. 그게 바로 스물세 살이다. 오, 신이시여, 그들을 불쌍히 여기소서.

취준생의 이름으로

〈혼술남녀〉의 '채연'(정채연)은 대학을 졸업하고 노량진에서 9급 공무원시험을 준비하는 공시생이다. 휴학하지 않고 계속 대학을 다녔다면 스물네 살쯤 되었을 것이다. 하지만 공시준비생에게 나이가 어디 있겠는가. 고시에 합격하기 전까진 고인 물처럼 사랑도 시간도 멈춰 있다. 고등학교 3학년이 실제 3학년이라기보단 대학 입시를 앞둔 수험생으로 존재하듯 취업하기 전까지 모든 취준생은 대학 4학년 졸업

반이다. 스물셋이나 스물넷이나 취준생의 삶에서는 도긴개긴 도토리 키재기다.

채연은 명문대 문과를 졸업했지만 높은 취업의 벽에 절망하고 안정적인 공무원이 되기로 결심한다. 그녀는 '노량진 핵미모'라고 불리며 남자 공시생들에게 무수히 많은 구애를 받는다. 하지만 인생의 막다른 골목에 서 있는 것처럼 그녀는 오로지 공부에 열중하며 남자들의 사랑을 매몰차게 거절한다. 전화번호 달라고 추근대는 남자의 핸드폰과 절절한 사랑 고백이 담긴 손편지는 곧바로 쓰레기통에 처박힌다. "공부하려고 노량진까지 왔으면 공부나 하시지."

"내가 밥 먹는 이 순간에도 경쟁자들의 책장은 넘어가고 있어. 그러니까 일분일초도 긴장감을 놓쳐서는 안 돼"라며 길을 걷거나 식사를 하면서도 암기 노트에서 시선을 떼지 않는 그녀의 결연에 찬 얼굴을 보고 있노라면 이렇게까지 지독하게 살아야 하나 인생에 대한 회의감마저 든다. 하지만 취업에 실패한 그녀에게 더 이상 남은 선택지가 공무원시험 아니면 무엇이 있을까. 동정이나 연민도 그녀에게는 사치라는 생각에 괜스레 더 미안한 마음이 든다.

1, 2학년 때는 하고 싶은 것도 많고 좋아하는 것도 많아서 도대체 어떤 일을 해야 할지 모르겠다고 투정하던 학생들이 졸업을 앞두고는 노인의 얼굴을 들이밀며 앞으로 무엇을 하며 살아야 할지 모르겠다고, 어떤 회사든 붙여만 주면 들어가겠다고, 더 늦기 전에 공무원시험을 준비해야겠다고 하소연할 때 내 머릿속은 온갖 생각으로 복잡해진다.

꿈을 끝까지 포기하지 말라고, 네가 좋아하는 일을 찾아보라고 조언하는 건 너무 무책임한 게 아닐까. 그렇다고 그들에게 줄 뾰족한 해결책이 내게 있는 것도 아닌데…. 툭 건드리면 금방이라도 울음을 터뜨릴 것 같은 그들에게 해줄 수 있는 것이 아무것도 없다고 느껴질 때 나는 그저 가만히 그들의 이야기를 듣는다. 미래에 대한 막막함과 불안함 때문에 한없이 외로울 그들을 혼자 두지 않는 것, 그것이 스물세 살에게 건넬 수 있는 최선의 위로가 아닐까, 하는 안타까움으로.

극 중 공시생 '기범'(key)은 노량진에 놀러 온 친구에게 컵밥 먹는 공시생 이미지는 미디어가 만들어낸 것이라고, 공시생이 다 열악하게 먹고살지는 않는다며 치킨, 제육, 돈가스, 잡채 그리고 방울토마토까지 완비된 4천 원짜리 점심 뷔페에 데려가 의기양양해한다. 하지만 매번 똑같은 추리닝 차림으로 기범과 함께 다니는 '동영'(김동영)은 가장 짠내 나는 노량진 고시생 스토리를 보여준다.

동영의 고시원 생활은 기범의 치약 빌려 쓰기로 시작해 채연이 먹다 남긴 편의점 도시락 반찬을 얻어다가 고시원 공짜 밥과 함께 한 끼 식사를 때우는 것으로 이어진다. 그는 누나와 형, 그리고 부모님이 보내주는 생활비로 근검절약과 핵궁상 사이에서 근근이 살아가는데, 그가 작성한 합격 로망 버킷리스트는 도저히 눈물 없이는 볼 수 없다. '요거트 뚜껑 핥지 않고 쿨하게 버리기'나 '통닭 한 마리 혼자 다 먹기'까지는 그래도 괜찮다. '남은 통닭 무 반찬으로 안 쓰고 쿨하게 버리기'에서는 나도 모르게 지갑에 손이 간다. 동정할 거면 차라리 돈으로 주세요, 라는 명언은 이럴 때 쓰라고 있는 건가 보다.

희한하게 극 중 다른 공시생들은 모두 솔로인데 동영만 여자친구가 있다. 하지만 드라마를 보다 보면 알게 된다. 차라리 없는 게 더 나았다는 걸. 먼저 취업한 여자친구와 연애 중인 그는 예견된 불행을 맞이하듯 이별을 통보한 여친의 문자에 담담하게 답장을 보낸다. 그러고는 우연히 봤던 여자친구 엄마의 문자를 회상한다. '언제까지 합격도 못 하는 놈 기다릴래. 취직도 했으니 좋은 남자 만나 결혼해야지…. 오늘은 꼭 정리하고 와…. 엄마가 부탁할게….'

로미오와 줄리엣은 동영과 비교하면 오히려 행복한 커플이었다. 원수 집안에서 태어난 잔인한 운명을 탓하면 되니까. 사랑을 방해하는 적이 안이 아니라 밖에 있으니까. 합격도 못 한 놈! 자기혐오에 시달리며 자괴감에 고통스러워할 동영의 모습이 눈에 선하다. 실연의 상처마저 헤어진 여자친구가 단골 술집에 미리 계산해놓은 제육볶음으로 달래야 하다니. 역시 동정을 할 거면 돈….

이런 말이 위로가 될 수 있을지 모르겠다. 학생을 가르치는 선생이 돼보고서야 알았다. 나이를 조금 더 먹는다고 해서 삶이 만만해지는 건 아니라는 것을. 늘 어렵고 버겁고 부담스러운 게 인생이고, 그래서 앞으로 쭉 이럴 것이기 때문에 나 혼자 초라할 거라고 걱정하지 않아도 된다는 것을 말이다. 〈혼술남녀〉는 공시생들뿐 아니라 그들을 가르치는 학원 강사들의 삶도 그리 녹록하지 않다는 것을 사실적으로 그려낸다.

극 중 진정석(하석진)은 노량진 최고 인기 강사다. 그는 대학에 자리를 잡지 못하고 방황하던 중 노량진에서 강사를 하던 선배의 연락으로 학원가에 들어온다. 하지만 수강생 수가 점점 느는 그의 존재를 불안해한 선배의 방해 공작으로 학원에서 해고당한다. 억울한 누명까지 씌워서 자신을 쫓아낸 선배의 배신에 깊은 상처를 입고 그는 독하게 일하다 결국 '일타강사'로 거듭난다. 그리하여 연봉 100억. 이걸 성공적인 삶이라고 불러야 할지 난 잘 모르겠다. 평생 간직

할 배신의 상처를 성공적인 지금의 삶이 과연 보상해줄 수 있을까. 인간에 대한 신뢰를 잃었는데, 함께 어울리기보단 혼자 술 마시는 게 더 편해졌는데, 세상에 혼자 남겨진 것 같은 기분인데 말이다.

진정석이 풍요 속 빈곤이라면 그의 동료 강사 민진웅(민진웅)은 밝음 속 어둠이다. 강의 재밌게 하려고 연예인 성대모사를 열심히 연습하며 늘 밝은 모습만 보여주던 민진웅은 강의하다가 엄마 임종을 보지 못한다. 병원에서 마지막으로 엄마가 자신을 찾는다는 연락을 받았지만 그는 갈 수 없었다. 왜 그런 사연을 숨겼느냐는 동료 강사의 질문에 그는 "신나게 강의해도 학생 수 줄어들기 쉬운데, 우울한 사연 알려지면 누가 내 수업 듣겠어"라며 엄마 임종 전으로 "다시 시간을 돌린다고 해도 강의하다가 못 나갈 거 같아. 투철한 사명감 그런 게 아니라 진 교수처럼 능력 있는 강사가 아니잖아. 나 믿고 듣는 학생들을 두고 어떻게 나오냐. 내가 그렇게 못난 아들인 게 엄마한테 미안하고 그래."

누가 더 불행한지 경쟁하듯 삶의 어려움을 나열하는 것 같아 마음이 점점 무거워진다. 산다는 게 뭔지. 술을 별로 좋아하지 않는 나도 가끔 혼술하고 싶은 마음이 간절하다. 지금 바로 이 순간, 별 하나에 꿈과 별 하나에 사랑과…. 그렇게 스물세 살의 하루가 또 저문다.

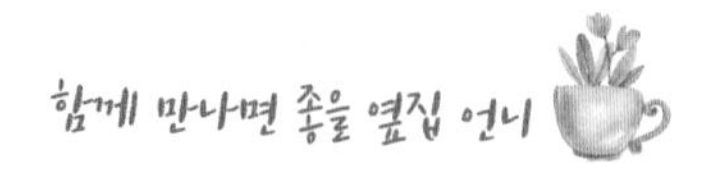

쓰투모 〈치아문 난난적소시광〉

한국 드라마 속 취준생의 삶은 너무나 고달프고 애달프다. 답답한 현실만으로도 숨 막히는데, 드라마까지 이런 걸 봐야 하느냐고 볼멘소리가 나오기 십상이다. 이럴 땐 꽉 막힌 노량진 고시촌부터 벗어나는 게 급선무다. 두 시간이면 차를 몰고 서울에서 대전으로 갈 수 있고, 비행기를 타면 중국도 충분히 욕심내볼 수 있다. 자, 떠나자. 광활한 대륙의 품으로.

〈치아문 난난적소시광〉은 4학년 졸업반 '쓰투모'(싱페이)의 일과 사랑을 명랑하고 귀엽게 그려낸 중국 드라마다. 자전거를 타고 가던 쓰투모는 우연히 다른 자전거와 부딪쳐 넘어지고, 그때 가방이 뒤바뀐다. 그렇게 인연이 시작되는데, 그 운명의 남자가 바로 동갑내기 천재 물리학도 '구웨이이'(린이)다. 얼굴만 잘생긴 줄 알았는데, 머리와 성격까지 잘생긴 그는 백마 탄 왕자처럼 갑자기 등장해 짝사랑의 지옥에 빠져 허우적대는 쓰투모를 구원한다.

쓰투모와 구웨이이의 조합은 명랑만화 여자주인공 '캔디'와 순정만

화의 남자주인공 '츤데레'의 완벽한 케미를 자랑한다. 전형적인 '이과형' 인간인 구웨이이는 무표정한 얼굴로, 회계학 전공이지만 광고회사에 들어가고 싶어 하는 쓰투모에게 "사람이 좋아하는 걸 해야지"라는 과학 공식과 같은 '정직한' 조언으로 진로의 전환점을 마련해주고, 말괄량이 쓰투모의 천방지축 라이프를 옆에서 든든하게 지켜봐준다. 극 중 사건은 있지만 그로 인한 갈등이 약해서 이게 뭐지, 하고 가볍게 봤다가 얼마 지나지 않아 완전히 중독된 채로 하루 몇 시간씩 연속으로 봤다. 그 바람에 안통이 생겨 며칠 동안 고생했다. 스물네 시간이 너무나 짧게 느껴졌다고 해야 할까. 무엇보다 쓰투모를 향한 구웨이이의 프러포즈가 내 마음을 사로잡았는데, 불확실한 취준생의 삶을 사는 스물세 살 쓰투모, 아니 인생의 불확실성에 시달리는 모든 여자 사람의 심장을 저격하는 그 대사.

"내 계획에 네가 있단 걸 알아줬으면 해."

구웨이이, 넌 다 계획이 있구나. 영화 〈기생충〉의 대사가 이렇게 로맨틱한 줄 처음 알았다. 그렇지. 우리가 그토록 고대하고 기대한 건 바로 사랑의 운명공동체다. 행복도 불행도 사랑하는 그대와 함께라면! "너와 관련된 건 전부 내 계획에 있어." 한동안 감동에 벅차 구웨이이의 사랑 고백 부분만 수차례 돌려보다가 문득 깨달았다. 드라마의 부제가 '우리의 따뜻했던 시절에게'다. 음음, 왜 과거형이지. 왜 회상하는 말투지. 러블리한 이 드라마의 최대 반전은 지나치게 현실적인 드라마 부제가 아닐까 싶다. 놀랍다 못해 섬뜩하다. 오, 신이시여, 우리를 불쌍히 여기소서.

부부의 세계

몇 년 전, 내 시선을 사로잡은 TV 광고가 있었다. 액션 영화의 한 장면처럼 남자가 누군가를 쫓아 열심히 뛴다. 그렇게 한참을 추격하던 남자는 길에 정차된 차에 올라탄다. 그러고는 그 옆에 서 있던 주인에게 당당히 말한다. 차 좀 빌릴게요. 이때 카메라는 멋진 추격 신의 주인공인 형사 대신 당혹스러운 얼굴로 혼자 남겨진 차 주인을 비춘다. 그리고 내레이션이 낮게 깔린다. "모두가 주인공을 볼 때 우리는 당신을 봅니다." 잠시 후, 현대해상 레커차가 잃어버린 차를

끌고 주인 앞에 나타난다.

〈호구의 사랑〉, 〈커피프린스 1호점〉 등 스물네 살 주인공을 다룬 드라마가 여러 편 있음에도 불구하고 〈부부의 세계〉에 나온 '조연' 여다경(한소희)을 이 자리에 초대한 것은 모두 이 광고 때문이다. 분명 내가 내 삶의 주인공인 줄 알았는데 내 뜻대로 되는 게 하나도 없을 때, 그래서 내 인생의 주인이 나인지 아닌지 헷갈릴 때 내 머릿속에는 두 남녀 주인공 사이에서 어쩔 줄 몰라 당황하던 '여다경'의 얼굴이 떠오른다. 본격적인 성인의 세계에 진입하기 전 혹독하게 신고식을 치른 스물네 살의 가엾은 얼굴. 만약 인생을 리셋하고 다시 시작할 수 있다면 나는 갈팡질팡 위태롭게 흔들리던 스물네 살 그때 그 시절의 나로 돌아가고 싶다.

스물네 살의 세계

〈부부의 세계〉에서 스물네 살 '여다경'은 지역 유지 아버지의 재력(물질 자본)과 미인대회 출신 어머니의 미모(매력 자본)를 두 손에 움켜쥔 다이아몬드급 금수저로 등장한다. 세상을 다 가진 듯 보이는 그녀는 사랑하는 남자가 유부남임에도 불구하고 그와의 결혼을 패기 넘치게 추진한다. 방영 당시 드라마는 매혹적인 외양을 가진 젊은 여자의 불륜 행각을 내세워 이슈 몰이에 성공한다. 한 남자를 사이에 둔 젊은 여자와 중년 아내의 대립 구도랄까.

다경은 태오(박해준)의 아내에게 "그 사람은 불행하대요. 껍데기뿐인 결혼생활이라서"라고 자신만만하게 말하고, 자신의 임신 사실을 알고 찾아온 태오에게는 "애가 생겼다는 건 1도 안 중요해. 그걸로 매달릴 생각 없으니까. 착각도 하지 말고. 이제부터 전화하고 싶으면 언제든지 할 거야"라고 호기롭게 말한다. 세상 무서울 것 없는 스물네 살 젊음의 패기로 다경은 태오를 쟁취하는 데 성공하고 딸 제니까지 낳는다.

이 년 뒤, 다경은 영화 제작자로 성공한 남자와 함께 다시 고향 고산에 돌아온다. 하지만 고산에서의 삶은 비극의 시작이었다. 전 부인 선우(김희애)에게 계속 신경을 쓰고 관심을 보이는 태오. 그 모습에 다경은 예민해지고 태오에 대한 의심이 점점 쌓여간다. 고래 싸움에 새우 등 터지듯 태오와 선우 사이에서 고통스러운 나날이 이어지고, 어떻게든 가정을 지켜보려는 그녀의 노력은 끝내 헛수고로 돌아간다. 태오가 선우와 섹스했다는 사실을 알게 된 다경은 절규한다.

한 남자를 사이에 두고 아내와 불륜녀라는 위치가 뒤바뀐 상황에서 선우는 다경에게 인생의 선배로서 따끔하게 일침을 가한다. "제니가 준영이 나이가 될 때쯤 넌 안 그런다는 보장이 있을까." 이보다 더 실감 나는 저주가 있을까. 머리카락 쥐어뜯고 뺨을 세게 내리치는 것보다 백만 배 더 큰 위력을 발휘하는 마흔세 살 여자의 복수. 영화 〈은교〉의 명대사 "너희 젊음이 너희 노력으로 얻은 상이 아니듯, 내 늙음도 내 잘못으로 받은 벌이 아니다"가 젊은 세대를 향한 소극적 방어라면 〈부부의 세계〉 속 선우의 대사는 공격 버전이 아닐까 싶다.

전지적 여다경 시점

선정적인 치정극 〈부부의 세계〉를 여다경의 시점으로 바라보면 이야기가 전혀 다르게 읽힌다. 화려한 외모를 앞세운 젊은 여자의 파국이 아니라 사회에 갓 입문한 스물네 살의 잔혹한 신고식. 그녀의 비극을 인과응보나 권선징악으로 읽어내는 것은 여다경이 스물네 살이란 걸 고려하지 못한 잔인한 처사다. 화려하지만 서툴고 당당하지만 미숙한 스물네 살, 그게 바로 여다경의 진짜 얼굴이다.

사실 처음부터 다경은 선우를 상대할 만한 역량이 부족했다. 젊은 패기만 있지, 한 남자를 차지하기 위한 그럴싸한 지략도 내공도 없다. "배설 그 이상 그 이하도 아니"라는 선우의 독설과 "내가 널 눈감아줬던 건 네가 이 감독 장난감이라서야"라는 이웃 여자의 폭언을 듣고도 그저 견뎌낼 뿐 그녀에게는 별다른 대응책이란 게 없다. 반면에 선우는 성공적인 복수를 위해 치밀하게 준비한다. 이혼 전문 변호사를 찾아가 자문을 받고, 아들이 죽은 것으로 위장해 태오의 폭력을 유도하고, 그 장면을 아들이 목격하게 해서 양육권을 빼앗고….

지피지기면 백전백승. 어쩌면 다경의 패배는 당연한 결과였는지도 모른다. 다경이 사는 스물네 살의 세계를 선우는 이미 경험한 것이기에 너무나 잘 파악하고 있었다. 태오가 다경에게 선물한 속옷, 향수, 웨딩드레스 그리고 프러포즈할 때 들려주었던 노래까지 그 모든 것이 전 부인에게 해준 것이란 걸 다경에게 알려준 사람도 선우였다. 내세울 게 젊음밖에 없는 스물네 살의 완벽한 패배였다. 이때 다경에게 주어진 선택지는 하나, '지선우 대용품'이란 사실을 인정하고 태오와 헤어지는 것. 항복을 선언하는 것.

상처밖에 남지 않은 전쟁에서 다경의 유일한 전리품인 태오. 그와의 관계 역시 그다지 신통치가 않다. 처음에는 태오와의 관계에서 주도권을 쥔 것이 다경처럼 보이지만 두 사람을 두고 득실을 따진다면 다경 아버지의 도움으로 영화 제작자로 성공한 태오의 완승이다. 반면에 태오를 사랑한 대가로 다경이 얻은 것은 '불륜녀'라는 주홍글씨뿐. 게다가 태오는 선우와 다경 둘 다 사랑한다는 망언으로 한 남자만을 위해 모든 것을 내려놓은 다경의 희생을 무참히 짓밟는다. 이건 단순히 한 남자의 배신을 의미하지 않는다. 그동안 다경을 지탱해왔던 세계의 붕괴다.

아, 이번 생은 정말 망한 것 같아. 저 멀리서 다경의 혼잣말이 들려오는 것만 같다.

대학을 갓 졸업하고 한 아이의 엄마이자 불륜녀, 그리고 이 년 후에 이혼녀가 된 스물여섯 살 여다경의 인생을 나는 조심스레 상상해본다. 능력 있는 아버지와 어머니 사이에서 온실 속 화초처럼 예쁜 인형 노릇만 얌전히 했던 그녀는 이번에는 자신이 태오와 선우 사이에서 꼭두각시 신세였단 걸 깨닫고는 영혼이 처참하게 무너져 내리지 않았을까. 내 인생의 주인공은 정말로 내가 아닌 것 같다는 절망감, 두려움 그리고 체념. 그녀 안을 가득 채우던 꿈과 희망은 사라지고 생에 대한 허무함만이 탁한 구정물처럼 고이지 않았을까.

그나마 다행인 것은 〈부부의 세계〉의 여다경에게 태오와의 이혼 그 이후의 이야기가 조금 더 허락되었다는 점이다. 인생을 포기하기에 스물여섯 살은 너무 젊은 나이 아닌가. 다경은 태오와 헤어지고 다시 공부를 시작한다. 열심히 책을 보는 그녀 앞에 음료수 캔을 두고 가는 또래의 남자. 그렇게 다경이 새로운 삶을 시작한다는 여운을 남긴 채 드라마는 종영한다. 마치 혹독한 신고식을 통과한 그녀가 성

숙한 성인으로서 삶의 진정한 주인이 되어가고 있다는 교훈적인 메시지를 전달하려는 것처럼 말이다.

다경보다는 선우와 비슷한 나이가 되어 되돌아본 스물네 살의 나는 십 대 사춘기 시절에 이어 또 한 번의 질풍노도를 겪고 있는 불안한 청춘의 얼굴이다. 인생도 사랑도 모두 지지부진. 내가 세운 계획대로 되는 것이 하나도 없었다. 지난날 내가 품었던 꿈과 희망이 역으로 나에게 비수가 되어 꽂히는 그런 날들이랄까. 아무것도 꿈꾸지 않았더라면 덜 상처받았을 텐데, 덜 괴로울 텐데…. 후회가 되었다. 내 삶의 주권을 세월에게 양보한 채 하염없이 시간을 흘려보냈다.

과거의 나에게 순응하는 현재의 나와 현재의 나에게 굴복하는 미래의 나. 그냥 흘러가는 대로 살자. 그렇게 자포자기의 시간이 내 인생을 관통할 때 나는 얼마나 나를 함부로 대했던가. 얼마나 나 자신을 하찮고 초라하게 만들었던가. 이렇게 사느니 차라리 죽는 게 낫다고 생각했던 그때 그 시절의 나는 작은 겁쟁이였다. 나이만 먹었지, 아직 제대로 된 성인도 자기 인생을 책임질 만한 진정한 어른도 아니었다. 포기하는 건 순간이지만 그걸 되찾아오는 건 수백, 수천 배의 시간과 노력이 필요하다. 다시금 내 인생의 주인공으로 돌아오기 위해 내가 얼마나 많은 피와 땀, 눈물을 흘렸는지 지금 돌이켜봐도 너무나 눈물겹다.

나란 존재가 길가에 뒹구는 돌멩이보다 보잘것없다고 여겨질 때, 세상에 내 편이 한 명도 남아 있지 않다고 생각될 때, 이제 더 이상 추락할 곳이 남아 있지 않다고 느껴질 때 나는 인생의 절벽에서 위태롭게 서 있던 스물네 살의 나를 떠올린다. 그러고는 이미 다 경험해본 것이니까 당황하거나 두려워하지 않아도 된다고 나 자신을 다독인다. 이 또한 지나가리라. 그렇게 나는 조금 덜 화려하지만 조금 더 성숙한, 조금 덜 당당하지만 조금 덜 미숙한, 스물네 살의 오래된 미래가 되어가는 중이다.

사혜준과 원해효 〈청춘기록〉

이미 일이 터진 다음에 그걸 수습하는 건 너무나 힘든 일이다. 뭐니 뭐니 해도 제일 좋은 건 사건 사고 없이 실수와 시행착오를 경험하지 않고 성공적인 삶을 살아가는 것이다. 이때 필요한 것이 바로 예방접종이다. 미약한 바이러스를 몸에 미리 투여해서 면역력을 키워 예상치 못한 큰 병을 막아내는 것. 〈청춘기록〉은 인생의 성장통을 겪는 이십 대 중반 '어른이'들을 위한 달콤 쌉싸름한 예방주사와 같은 작품이다. 대리 경험하기에 안성맞춤이다.
드라마는 대조적인 가정환경을 가진 스물여섯 살 두 청춘이 어떤 어려움을 딛고 꿈을 이루어나가는지에 초점을 맞춘다. 간혹 빈부 격차를 선정적으로 악용하는 장면들이 눈에 거슬리긴 하지만 흙수저는 흙수저 나름의 고민이 있고, 금수저는 금수저 나름의 고민이 있다는 것을 명확히 한다. 앞집이나 옆집이나 뒷집이나 다 똑같다. 사는 게 쉬운 사람은 없다. 드라마는 어느 한쪽을 섣불리 편들지 않는다. 그저 '청춘'이란 이름으로 그들의 성장통을 그려낼 뿐이다. 이름하여 청춘기록.
젊어서 고생은 사서도 한다, 아프니까 청춘이다, 라는 말 같지도 않은 말은 하고 싶지 않다. 아프면 참지 말고 진통제 복용하기. 아프기 전에 미리 예방주사 맞기. 동생을 사랑하는 언니의 마음이란 이런 것일까. 세상을 바꿀 순 없어도 최소한 이 책을 읽는 사람들만큼은 조금 덜 아프고 조금 덜 절망하며 살길 바란다. 절대 고생은 사서 하지 말자.
그런데 왜 갑자기 옆집 '오빠'가 등장하는지 고개를 갸우뚱하는 분이 계실 텐데…. 내 인생에 도움을 준다는데 언니든 오빠든 뭐가 중요하겠습니까. 음음. 더군다나 얼굴도 성격도 목소리도 모두 착한 박보검, 변우석인데…. 이런 상냥한 오빠들, 어디 또 없나요.

2
그들이 사는 세상

"어머니가 말씀하셨다.

산다는 건 늘 뒤통수를 맞는 거라고.

나만이 아니라 누구나 뒤통수를 맞는 거라고.

그러니 억울해 말라고.

어머니는 또 말씀하셨다.

그러니 다 별일 아니라고."

노희경

스물다섯 살

김혜자

눈이 부시게

한때 유언장 미리 쓰기가 유행한 적이 있었다. 죽음을 앞두고 진지하게 지난 삶을 되돌아보기보다는 앞날이 너무나 많이 남아 무언가 결단이 필요한 사람들을 위한 일종의 자아 성찰 프로젝트였다. 같은 맥락으로 유명 인사들의 묘비명을 모아다가 '지금 여기'의 삶을 성찰하는 계기로 삼기도 했는데, 당시 제일 유명한 묘비명은 노벨문학상 수상자인 아일랜드 극작가 조지 버나드 쇼의 "우물쭈물하다가 이렇게 끝날 줄 알았다"였다. 무릎을 '탁' 치게 만드는 촌철살인이 아닐 수 없다.

"나는 모든 것을 갖고자 했지만 결국 아무것도 갖지 못했다"(소설가 모파상), "40세가 되어도 인간이 싫어지지 않는 사람은 인간을 사랑한 일이 없는 사람이다"(소설가 세바스찬 샹포르), "나는 시도하다 실패했다. 그러나 나는 또다시 시도해서 성공했다"(발명가 게일 보든) 등등 깨달음과 여운을 주는 많은 묘비명 가운데 내 마음에 깊은 잔상을 남긴 것은 시인 에밀리 디킨슨의 "돌아오라는 부름을 받았다"였다. 음, 돌아오라.

나에게 보내는 마지막 편지

이 책을 쓰는 동안 의도치 않게 내가 살아온 날들을 추억여행 할 수 있었다. 스무 살이 되어 대학 새내기 시절을 회상하기도 하고, 서른세 살로 돌아가 지난 연애를 되새김질해보기도 했다. 드라마를 통해 바라본 나의 삶은 어떤 모습일까. 천상병 시인의 〈귀천(歸天)〉 속 한 구절처럼 아름다운 이 세상 소풍 끝나는 날, 가서 아름다웠더라고 말할 수 있을까. 그렇게 살아갈 수 있을까. 나는. 우리는.

〈눈이 부시게〉는 어느 날 갑자기 스물다섯 살(한지민)에서 일흔 살(김혜자)로 변해버린, 한순간에 젊음을 빼겨버린 청춘의 이야기다. 극 대부분이 몸은 늙었지만 마음은 그대로인 노인의 시점에서 안타깝게 그려진다. 일흔 살 미래의 '나'가 스물다섯 살 오늘의 '나'에게 보내는 애틋한 편지랄까. 죽기 전에 후회하지 않기 위해서는 어떻게 살아야 하는지, 드라마로 미리 쓰는 젊은 날의 유언과 같은 드라마다. 방영 당시 매회 명대사 퍼레이드를 벌이며 엄청난 반향을 일으켰는데, 백상예술대상을 받은 배우 김혜자(님)가 수상소감으로 드라마의 마지막 장면에서 했던 대사를 언급하면서 다시 한 번 화제가 되었다.

내 삶은 때론 불행했고 때론 행복했습니다.

삶이 한낱 꿈에 불과하다지만… 그럼에도 살아서 좋았습니다.

새벽의 쨍한 차가운 공기, 꽃이 피기 전 부는 달큰한 바람,

해 질 무렵 우러나는 노을의 냄새…

어느 하루 눈부시지 않은 날이 없었습니다.

지금 삶이 힘든 당신…

이 세상에 태어난 이상 당신은 이 모든 걸 매일 누릴 자격이 있습니다.

대단하지 않은 하루가 지나고 또 별거 아닌 하루가 온다 해도 인생은 살 가치가 있습니다.

후회만 가득한 과거와 불안하기만 한 미래 때문에 지금을 망치지 마세요.

오늘을 살아가세요. 눈이 부시게! 당신은 그럴 자격이 있습니다.

국민 엄마 김혜자의 정겨운 목소리 덕분이었을까. "대단하지 않은 하루가 지나고 또 별거 아닌 하루가 온다 해도 인생은 살 가치가 있습니다"라는 불특정 다수를 향한 덕담에 괜스레 코끝이 찡해졌다. 이 수상소감이 오랫동안 온라인을 뜨겁게 달구었던 배경에는 나 말고도 남몰래 위로와 격려를 받은 상처 받은 영혼이 많았기 때문일 것이다. 별 하나에 아픔과 별 하나에 슬픔과 별 하나에 절망과…. 내일도 오늘과 별반 다르지 않을 거라는 불길한 예감에 휩싸여 뜬눈으로

밤을 지새우는, 마음이 가난한 영혼들이여, 당신은 눈부신 삶을 누릴 자격이 있습니다. 흑흑.

청춘의 쉼표, 스물다섯 살

스물네 살도 아니고 스물여섯 살도 아니고, 〈눈이 부시게〉의 주인공 김혜자는 왜 하필 스물다섯 살이었을까. 드라마를 볼 때면 유독 인물의 나이가 신경 쓰인다. 이 책을 집필하기 전부터 그랬다. 희한하게 그런 사소한 것에 눈길이 가고 그 사소함 안에서 묘한 깨달음을 얻을 때가 있는데, 그 때가 바로 지금인 것 같다. 짧다면 짧고 길다면 긴 나의 삶을 돌이켜보면 스물다섯 살은 무언가 중간 점검과 같은 시기다. 오십의 절반, 그러니까 하늘의 뜻을 알게 된다는 지천명(知天命)을 반토막 낸 나이. 하늘의 뜻을 향해 나아가는 기나긴 여정에서 나는 지금 어디에 있나 되돌아보는 브레이크 타임과 같은 시간이다.

사실 말이 좋아 휴식이지, 스물다섯이란 나이는 나만 뒤처진 건 아닌가 두려움에 떨며 혼자 몰래 갖는 작전 타임과도 같다. 〈눈이 부시게〉의 김혜자는 갑자기 늙어버린 몸 때문에 일상의 모든 것이 정지되어버린다. 어쩌면 루저라는 말도 그녀에게는 사치인지 모른다. 그나마 무언가 도전하고 실패를 한 적이 있어야 루저라도 될 수 있는 것 아닌가. 그녀는 루저가 될 기회조차 박탈되어버린 현실 앞에서 허탈해한다. 죽은 아버지를 살리기 위해 자신의 청춘을 담보 삼아 시간을 되돌린 건 그녀 자신이었다. 누굴 원망하고 누구에게 애원할 것인가. 그녀에게 남은 것은 미워할 수도 없고 사랑할 수도 없는 자기 자신뿐.

지금 이 순간 그녀에게 필요한 것은 상투적인 위로가 아니다. 나 자신을 천천히 돌아볼 시간이다. 브레이크타임, 작전 타임 그리고 나를 위한 고요한 시간.

세상의 모든 에러들에게

남들은 자기연민이 몸에 제일 해롭다고들 하는데, 나는 생각이 다르다. 우리는 너무나 혹독하게 자기 자신을 대할 걸 강요받는다. 자기 극복이나 자아 성찰이란 명목 아래 우리는 얼마나 우리 자신에게 냉정하게 거리 두기를 해왔던가. 함께 슬퍼하고 함께 아파하고 함께 인생의 희로애락을 공유하는 그런 마음가짐, 그런 게 연민이라면 나는 매일 자기연민의 시간을 가지라고 권하고 싶다. 내가 나를 아끼지 않으면 누가 나를 소중히 여기겠는가.

〈눈이 부시게〉는 "에러도 아름다울 수 있어"라는 위대한 명언을 탄생시키며 슬픈 영혼을 따듯하게 보듬는 오로라의 미학을 설파한다. "오로라는 에러야. 원래 지구 밖에 있는 자기장인데 어쩌다 보니 북극으로 흘러들어왔다는 거야. 그런데 너무 아름다운 거야. 에러도 아름다울 수 있어." 정의로운 기자를 꿈꾸었지만 현실의 벽에 부딪혀 노인을 상대로 약을 파는 사기꾼 신세로 전락한 준하(남주혁)를 향한 혜자의 다정한 사랑 고백은 세상에서 제일 소중한 에러인 자기 자신에게 보내는 화해의 손길이자 세상의 모든 에러들에게 보내는 희망의 찬가이다.

드라마는 몸이 늙은 여자와 마음이 늙은 남자가 서로의 결핍과 아픔을 감싸 안으며 마음을 나누는 과정을 통해 자신의 삶을 '애틋하게' 바라보는 삶의 자세에 관해 이야기한다. 사랑보다 고결한 것이 연민이고 자기애보다 숭고한 것이 자기연민이다. 〈눈이 부시게〉는 막판 반전을 통해 일흔 살 김혜자가 스물다섯 살 김혜자를 가슴 깊이 품는 극적 제스처를 보여주는데, 따뜻한 포옹을 연상시키는 그런 플롯조차 너무나 애틋해서 가슴이 먹먹해진다. 자, 우리 모두 애틋합시다.

이수정 〈발리에서 생긴 일〉

〈발리에서 생긴 일〉은 한국 드라마 역사에서 가장 비극적인 결말로 길이 남을 드라마가 아닐까 싶다. 세 명의 주인공 모두 죽음을 맞이하는 애증의 삼각관계라니! 연애의 진정한 묘미는 밀당에서 나오고, 로맨스 드라마의 관전 포인트는 오해와 질투에서 비롯된 오묘한 감정선이라지만 아무리 그래도 이건 너무 하지 않나 싶은데….

집안에서 존재감 없는 서자로서 외로운 삶을 살아온 재벌 2세 재민(조인성)은 여행가이드로 만난 수정(하지원)을 사랑하게 되고, 그녀의 마음을 사로잡기 위해 온갖 정성을 들인다. 취업도 시켜주고 집도 사주고. 하지만 그는 이미 정략결혼할 여자가 있는 몸. 결혼 빼고 다 해주겠다는 뻔뻔하지만 애절한 그의 사랑 고백을 뒤로하고 수정은 자신을 사랑하는 또 다른 남자 인욱(소지섭)과 발리로 떠나버린다.

두 사람을 쫓아 재민은 발리에 도착하고, 그곳에서 둘이 함께 침대에 누워 있는 것을 목격한다. 분노에 휩싸여 재민은 두 사람에게 총을 쏘는데, 인욱은 그 자리에서 즉사한다. 이때 재민의 총에 맞아 고통스럽게 죽어가는 수정의 입에서 나온 마지막 한 마디. "사랑해요." 뒤늦게 그녀가 진정으로 자신을 사랑했다는 걸 깨닫게 된 재민은 사랑하는 연인을 죽인 그 총으로 스스로 생을 마감한다.

그런데 여기서 잠깐. 왜 수정은 그동안 자신이 사랑하는 건 인욱이 아니라 재민이었다고 말하지 않은 걸까. 수정이 재민에게 진심을 숨기지만 않았더라면 사랑하는 사람에게 죽임을 당하는, 재민의 입장에서는 자기 손으로 사랑하는 사람을 죽이는 최악의 비극은 피할 수 있었을 텐데! 자자, 침착하자. 이 책을 읽고 있는 지금 우리가 눈여겨봐야 할 것은 수정이 스물다섯 살이란 사실이다. 브레이크타임, 작전 타임 그리고 에러.

> "나… 너 갖고 싶어. 전부 다. 널 즐겁게 하고 싶고 기쁘게 하고 싶고 웃게 하고 싶어. 하루 종일 그 생각만 해. 하지만 현실은 그 반대인 거 알아. 언제나 나 때문에 얻어터지고 쫓겨나고 울고…. 그래서 미치겠어."
>
> (…)
>
> "갈게요."
>
> "가지 마."
>
> "미안해요."
>
> "뭐가, 뭐가 미안해…."
>
> "전부 다…. 처음엔 그냥 비빌 언덕 정도로 생각했어요. 정말 너무 막막해서. 그런데 너무 쉽게 큰돈도 주고 취직도 시켜주고 조상배도 찾

아주고. 그래서 봉 잡았다고 생각했어요. 고맙긴 했지만 미안하진 않았어요. 나한텐 꿈도 못 꿀 일들이 당신한테는 아무 일도 아니었을 테니까. 그러다 욕심이 생겼어요. 잘하면 나한테도 넘어올 수 있겠다는. 차라리 나를 함부로 대할 때가 마음 편했는데…. 마음 주지 않는 건 내 마지막 자존심이에요."

"마음을 주지 않는 건 내 마지막 자존심이에요"라는 수정의 말에 재민은 "상관없어"라며 그녀의 입술에 자신의 마음을 포갠다. 이 장면은 두 남녀의 애절한 애정 신이지만 가만히 들여다보면 수정이 애틋하게 감싸 안은 건 그녀가 사랑하는 재민이 아니라 상처받은 자신의 영혼이다. 나는 정말이지 이게 바로 '에러'라고 절규하고 싶은 심정이었다. 상관없기는 뭐가 상관없어, 이 바보들. 자기들이 죽는 줄도 모르고.

수정이 말한 그 자존심은 정말 목숨을 바쳐 지켜낼 만한 가치가 있는 것일까. 진정 자존심을 지키는 것만이 자기 자신을 애틋하게 대하는 것일까. 자기 인생을 애틋하게 여기는 것도 중요하지만 그전에 우리가 꼭 알아야 할 것이 있다. 지나친 자기애는 타인을 해칠 수 있고 과잉된 자기연민은 자기 자신을 죽음으로 몰아갈 수 있다. 결국 그녀는 그 자존심 때문에 사랑하는 사람과 자기 자신 모두 잃지 않았던가.

애틋함의 양과 질 둘 다 틀린 이수정을 향해 맹렬하게 비난을 퍼붓고 싶은데 귓가에 맴도는 말이 하나 있다. 넌 너무 자존심이 세. 지금은 석기시대 동굴벽화가 되어버린 옛 연인의 유언과도 같은 마지막 말이 나를 조용히 꾸짖는다. 수정이라 쓰고 민정이라 읽는 이 신묘한 매직. 아, 이놈의 자존심이 문제다. 무지몽매한 우리의 스물다섯 살이 너무나도 애틋하다, 애틋해.

미생

내가 상상한 회사생활과 실제 사이에는 큰 틈이 있었다. 당연한 얘기지만 신입사원 일 년 차인 내게는 전혀 당연하지 않았다. 아, 이 산이 아닌가봐. 머릿속이 복잡했다. 다니는 회사가 내게 안 맞는 건가. 맡은 직무가 별로인 건가. 혹시 내가 직장인 체질이 아닌가. 꼬리에 꼬리를 물고 불편하고 불쾌한 생각이 이어졌다. 함께 입사한 공채 동기들에게 너도 그러냐고 묻고 싶었지만 다들 만족한 듯 얼굴이 평온했다. 학창시절에는 몰랐던 따돌림을 다 큰 성인이 되어 당하는 기분이었다. 세상에 혼자 남겨진 것처럼 외로웠다.

회사를 그만둔 지 꽤 오래 지난 지금도 가끔 회사 다니던 시절을 회상하곤 한다. 제대로 된 업무인계 없이 일을 떠넘기고는 미숙한 일 처리로 내가 욕먹는 걸 옆에서 지켜보던 한 기수 선배는 잘살고 있을까. 맥주잔에 소주를 따라주며 그걸 다 마시지 않을 거면 계속 들고 있으라고 했던 부장님은 여전히 술을 좋아할까. 옛사랑처럼 아련하게 미화된 그때 그 시간이 그리워질 때면 내가 정말 늙긴 늙었구나, 하고 세월의 위대함에 감탄한다.

장그래와 장백기 그리고 안영이

지금 알고 있는 것을 그때의 내가 알았더라면, 아니 최소한 드라마 〈미생〉을 신입사원 시절 내가 미리 볼 수만 있었더라면 회사생활이 조금 덜 힘들지 않았을까 싶다. 예비 직장인이 꼭 봐야 하는 드라마, 그게 바로 〈미생〉이다.

〈미생〉은 '노력의 양과 질이 다른' 장그래(임시완)의 직장 내 고군분투를 다룬 오피스물이다. 프로기사를 꿈꾸며 바둑만 두다가 갑작스레 회사에 들어오게 된 스물여섯의 그는 대기업 인턴을 거쳐 계약직 사원, 그리고 나중에는 작은 무역상사의 정규직 사원이 되는데, 그 과정에서 모든 직장인이 공감할 만한 에피소드를 만들어내며 '완생'으로 거듭난다. "나는 노력을 하지 않은 것이다. 그렇게 생각하는 편이 낫다"라는 시청자의 심금을 울리는 자조적인 다짐부터 "모르니까 가르쳐주실 수 있잖아요"라는 파이팅 넘치는 하소연까지 그의 명대사들은 지금도 온라인에서 자주 소환된다.

장그래는 〈미생〉의 처음과 끝을 잡고 하드캐리하는 감동적인 히어로다. 하지만 솔직히 나는 그에게 감정이입이 잘 안 되었다. 현실에선 찾아보기 힘든 특수한 혹은 특별한 케이스 아니던가. 그를 따라다니는 '정답은 모르지만 해답을 아는 사람'이란 타이틀도 내심 못마땅했다. 타고난 직관력으로 벼락스타가 된 장그래 옆에 초조하게 서 있는 장백기(강하늘)가 자꾸만 마음에 걸렸다. 차근차근 열심히 취업을 준비한 모범생 장백기. 어쩌면 장백기야말로 가장 평범한 신입사원의 얼굴, 그러니까 우리의 모습을 대변하고 있는 건 아닐까. 그렇다고 해서 내가 장백기처럼 성실하게 대학 시절을 보낸 건 아니다. 그에게 동질감을 느끼기엔 내 학점이 좀 겸손하다. 허허, 이것 참.

돌고 돌아 힘겹게 찾은 우리의 '언니'는 스물여섯 살 '안영이'(강소라)다. 수십 명의 인턴 중에서 정규직으로 전환된 유일한 여자. 어쩌면 안영이를 만나기 위해 장그래와 장백기를 두루 거쳐 왔는지도 모른다는 생각이 들 정도로 그녀는 여자 신입사원이 직면할 수 있는 고난을 혼자 힘으로 격파해나가며 '언니'의 저력을 보여준다.

여자 신입사원의 이름으로

〈미생〉 초반에는 업무에 미숙한 신입사원들의 좌충우돌 적응기, 아니 혹독한 '욕받이' 생활이 사실적으로 그려진다. '고졸 검정고시' 출신 장그래가 욕을 먹는 이유는 제 몫을 제대로 해내지 못해 영업 3팀에 피해를 주기 때문이고, '엘리트 모범생' 장백기가 냉대를 당하는 이유는 혼자 튀고 싶은 마음에 욕심이 앞서 꼼꼼하게 일 처리를 하지 않기 때문이다. 그렇다면 안영이는 어떤 점이 미흡해서 자원 2팀 상사들에게 집단 괴롭힘을 당하게 된 것일까.

인턴 시절부터 안영이는 압도적인 업무 능력을 선보이며 외국인 쇼핑몰 대표의 마음을 사로잡아 계약을 성사시킨다. 체형에 맞게 형태가 변하는 템퍼 패드의 장점과 내구성을 강조하기 위해 며칠 동안 직접 착용한 것을 샘플로 제시하고, 외국인 대표의 디자이너 시절 작품까지 분석해 그의 취향을 완벽하게 파악한다. 완벽한 준비로 그녀는 프로페셔널한 상사맨으로서 자신의 존재감을 확실히 증명해낸다. 세련된 영어 구사력은 기본.

정규직 전환을 앞두고 시행된 마지막 프레젠테이션에서 "심사단하고도 에너지 싸움에서 전혀 안 밀려요. 아주 단호하고 풍부하게 자기 의견을 피력하고 있네요. 배짱이 아주 대단한데요"라는 극찬을 받아낼 정도로 월등한 실력을 갖춘 그녀는 자원 2팀의 유일한 여자 사원으로 직장 내 괴롭힘의 대상이 된다. "아, 애 골 패는 애네." "일을 너무 짜증 나게 잘하네." "나도 재 좀 무섭다. 아, 진짜 싫으다." 장그래처럼 일이 미숙하거나 장백기처럼 의욕만 앞서서가 아니라 안영이는 일을 지나치게 잘해서 욕을 먹는다.

성차별 대마왕 하 대리는 자신이 작성한 보고서를 안영이가 조금 수정하자 폭언을 쏟아낸다. "내 보고서가 구려?!"라고 따지듯 묻다가 "신입사원 참 어렵다"라는 세대공격에 이어 "아, 내가 이래서 여자랑 일을 못 하겠다는 거야. 희생정신도 없고 뭘 기대해. 하, 쯧, 뭐가 이렇게 뻣뻣해? 죄송하다고 안 해? 가봐. 꼴도 보기 싫어"라고 망언까지 연거푸 퍼부어댄다. 이미 답은 정해져 있다. 안영이는 욕을 먹어야 한다. 왜냐하면 여자니까.

아, 안영이!

회사를 그만둘 때 내가 가장 신경 썼던 부분은 퇴직금도 아니고 이직도 아니고 나의 성별이었다. 대학생 시절 모 회사 리쿠르팅에 참여한 적이 있었다. 꽤 큰 규모를 가진 그 회사의 인사 담당자는 수백 명의 여대생이 앉아 있는 채용설명회에서 호기롭게 말했다. "사실 여자는 별로 선호하질 않아요. 여자는 결혼하면 회사를 그만두잖아요. 무책임하게. 그냥 다닌다고 해도 애를 가지잖아요. 육아휴직을 하면 나

머지 팀원들이 그 일을 나눠서 해야 하는데 누가 좋아하겠어요. 같은 팀원들도 다 꺼려요."

회사에서 여자를 뽑지 않는 이유가 아주 논리적이고 타당하지 않냐는 듯 그의 표정에서는 당당함이 느껴졌다. 뭘 어떻게 하든 여자라서 다 문제라는 식이었다. 말도 안 되는 말을 제멋대로 지껄이는 그의 아둔함을 힐난하고 싶었지만, 힘없는 취준생으로서 그와 같은 사람들이 회사에 많을 텐데 어떻게 그 난관을 헤쳐나가야 하나 막막함이 앞섰다. 누군가를 미워하는 데도 힘이 필요하다는 걸 그때 절실히 깨달았다.

대학원 진학을 앞두고 회사를 그만두면서 나는 꿈을 찾아 다른 길로 가는 것뿐인데, 여자라서 회사를 금방 그만두는 거라고 오해하면 어쩌나 걱정했다. 여자라서 의지가 부족하고 책임감도 부족하고 직장 내 조직 생활도 못 하는 거라고, 여자에 대한 선입견을 견고히 하는 데 내가 한몫하는 거면 어떻게 하나. 이렇게 내가 내 여자 후배들의 앞길을 막아버리는 거면 어떻게 하나. 고민에 고민을 하고 또 했다.

드라마의 후반부인 13화에서 자원 2팀 상사들은 "안영이가 일을 잘하긴 해"라며 안영이의 실력과 진심을 알아주긴 한다. 그런데 그렇게 되기까지 안영이는 커피 심부름부터 책상 정리, 비품 정리, 생수통 갈기 등 온갖 잡일을 도맡아 하며 하녀처럼 바짝 엎드려야 했다. 게다가 같은 팀 안에서 인정을 받았다고 해서 안영이의 고난이 끝난 건 아니다. 이제까지는 여자 신입사원으로서 '여자' 딱지를 떼기 위한 퀘스트였고, 그다음부터는 본격적인 고난의 행군이 시작된다.

모든 직원이 낸 기획서 중에서 본사 심사 결과 안영이의 제안서가 최종 선택된다. 하지만 '신입사원'이라는 것이 그녀의 발목을 잡는데, 여기에 그녀를 경계하고 그녀를 짓밟고 올라가려는 몰지각한 사람들까지 합세해 그녀 스스로 자신의 아이템을 포기하게 만든다. "제 아이템은 생각해보니까 무리가 많더라고요." "정말 그렇게 생각해?" "네, 제 생각이 짧았던 것 같습니다. 본사에 이미 메일은 보내놓았습니다."

예전에 다니던 회사 앞을 지나칠 때면 그 안에서 함께 근무하던 사람들이 생각난다. 어쩌면 회사에 남은 사람보다 떠난 사람이 더 많을지도 모른다. 벌써 꽤 오랜 시간이 흘렀다. 한때 함께 근무했던 동료처럼 안영이의 안부가 궁금할 때가 있다. 드라마가 방영되던 게 2014년이니까 지금쯤 과장이나 차장이 되지 않았을까. 어디선가 자기가 맡은 업무를 꿋꿋하게 해내고 있을 그녀를 생각하면 마음 한구석이 짠하면서도 든든하다. 아, 안영이!

안영이 과장

이유진 〈회사 가기 싫어〉

〈미생〉에서 인상적인 에피소드가 하나 있다. 안영이가 무거운 섬유 원단을 들고 혼자 걸어간다. 그 모습을 본 장백기가 급한 걸음으로 다가가 도와주겠다고 말한다. 무거운 원단을 자기 어깨에 짊어지는 장백기에게 안영이가 정색하고 묻는다. "왜요?"
왜요? 왜요, 라니! 이 장면은 기존 오피스물에서 매번 상투적으로 재현해낸 여자와 남자의 관계에 관한 클리셰를 전복시킨다는 면에서 아주 통쾌하다. 아, 이래서 안영이, 안영이 하는구나 감탄하게 된달까. 그런데 이 카타르시스가 드라마를 볼 때만 유효하다는 게 문제다. 그렇다. 모두가 안영이처럼 살 수는 없다. 안영이가 아닌 다른 여자 직원이 왜요, 라고 되물었다면 분명히… 아, 상상하기 무섭다. 호의를 베푸는 것도 권력이지만, 호의를 거절하는 데도 힘이 필요하다. 안영이 따라하다 황새 쫓아가는 뱁새마냥 가랑이가 찢어질 수도 있다.
오늘도 애틋하게 수고한 작은 그대들을 위해 준비했다. 우리와 가장 가까운 평범한 직장인의 얼굴, 바로 〈회사 가기 싫어〉의 스물일곱 살 '이유진'(소주연)이다. 부서에서 막내로 온갖 궂은일을 도맡아 하다가 후배가 새로 들어와 조금 어깨 펴고 사나 했지만, 칼같이 퇴근하는 '90년대생' 후배에게 치여서 다시금 원형 탈모에 시달리며 후배 몫까지 열심히 야근하는 소심 AAA형 입사 삼 년 차. 순진해서 늘 당하는 데 최적화된 몽타주를 가진 걸까. 배우 소주연은 웹드라마 〈하찮아도 괜찮아〉에서 계약직 디자이너 '김지안'을 맡아 또 한 번 평범한 직장인의 애환을 연기하며 이십 대 중반 여자 사회초년생의 페르소나로 등극한다.

"동료에겐 함부로 친절을 기대하면 안 된다는 거. 상사에게 칭찬은 커녕 욕 안 듣는 게 본전이라는 거. 보시다시피 호의를 베풀면 호구가 된다는 거." "사회생활이란 내키지 않는 일을 하는 것이고 듣기 싫은 말에 네, 라고 하는 것이고 그렇게 쌓인 내 감정을 조용히 휴지통에 버리는 일이란 걸. 그리고 이 모든 걸 견디게 하는 희망은 하찮은 오늘을 버텼으니 내일은 괜찮을 거야." 장그래 못지않게 명대사를 많이 남긴 그녀의 웃픈 직장 생존기는 "난 취업만 하면 다 되는 줄 알았어. 그것만 보고 달려왔는데 나 하나도 안 행복해. 나 그냥 퇴사할까? 아니면 더 버틸까?"를 정점으로 이제 스물일곱 살의 이야기로 후딱 넘어가라고 재촉한다.

자, 여기서 옥상달빛의 노래 〈수고했어, 오늘도〉를 듣지 않고는 그냥 지나칠 수 없다. 드라마 〈하찮지만 괜찮아〉에서 배경음악으로 흘러나온다. 조용한 응원가처럼.

세상 사람들 모두

정답을 알긴 할까

힘든 일은

왜 한 번에 일어날까

나에게 실망한 하루

눈물이 보이기 싫어

의미 없이

밤하늘만 바라봐

작게 열어둔

문틈 사이로

슬픔보다 더 큰

외로움이 다가와

수고했어 오늘도

아무도 너의 슬픔에

관심 없대도

난 늘 응원해

수고했어 오늘도

* KOMCA 승인필

이태원 클라쓰

모든 대학생이 휴학을 꿈꾼다면 모든 직장인은 이직을 꿈꾼다. 가슴에 사직서를 품지 않고 다니는 회사원이 있다면 그건 백 프로 회사 대표이거나 대표이사의 아들딸이다. 곰곰이 생각해보면 〈미생〉의 안영이도 극 중 이직한 경험이 한 번 있는 걸로 나온다.

앞선 스물여섯 살에서 '여자 신입사원' 안영이의 정년퇴직을 기원했지만, 평생 직장이란 것이 얼마나 고리타분한 이야기인지는 누구보다 내가 제일 잘 알고 있다. 직장인으로 생활한 지난 일 년 동안 내가 거쳐간 회사만 세 군데다. 회사가 마음에 들지 않아도 꾹 참고 다니던 시절은 우리 부모님 세대에서 이미 끝났다. 회사가 나의 평생을 책임져주지 않는데, 나라고 회사의 영원한 안녕을 위해 맹목적으로 헌신할 순 없지 않은가.

인생의 갈림길, 창업

회사에 불만이 있으면 다른 회사로 이직을 하면 된다. 또는 내가 다닐 회사를 직접 세우면 된다. 그렇다. 직장인의 평생 숙원사업을 해결해줄 아주 간단한 방법, 창업. 창업이라고 하면 명예퇴직하고 나서 프랜차이즈 치킨집이나 편의점 여는 걸 떠올리기 쉬운데, 허허 이것 참. 우리는 지금 스물일곱 살이다. 스타트업의 메카 실리콘밸리는 아니더라도 세계의 축소판 이태원쯤은 진출해줘야 하는 거 아닌가. 가자, 새로운 세계로.

창업 뭐 그까짓 거 어려울 것 없고 복잡할 것 없다. 2020년 최고 히트작 〈이태원 클라쓰〉는 소신 하나 달랑 가지고 창업에 성공한 청춘들의 이야기를 통쾌하게 들려준다. 드라마의 모든 등장인물이 정말 다 소신에 차 있다. 절대 불의와 타협하는 일은 없을 거라며 큰소리 뻥뻥 치는 박새로이(박서준)는 가진 건 없지만 늘 당당하다. 오늘 우리가 영접할 언니 조이서(김다미) 또한 '신념' 하면 어디 가서 절대 지지 않는 '센 언니'다. 박새로이에게 우직한 밤톨머리가 있다면 조이서에게는 앞길을 막는 모든 것을 씹어먹을 듯한 당돌한 눈빛이 있다. "내가 다 부숴버릴 거야." 명문대 진학을 스스로 포기하고 작은 포차의 매니저로 사회에 입문한 그녀는 창업에 성공해 스물일곱 살에 요식업계 1위 'IC' 그룹의 전무이사에 당당히 이름을 올린다.

회사 이름을 '아이씨'라고 지은 것부터 뭔가 의미심장하다. 사람의 가치를 그가 가진 자본으로 평가하는 물질만능주의 시대에 '전과자' 박새로이와 '고졸' 조이서는 소신과 신념, 그리고 삶의 철학을 내세워 재벌 회장의 무자비한 횡포에 당당하게 맞선다. 아이씨! 회사명인 'IC'가 '이태원 클라쓰'의 영어 줄임말이자 한국어 '아이씨'로 읽히는 것은 절대 우연이 아니다. 욕설과 같은 이 '아이씨'가 창업의 기본 자세

이기 때문이다. 아이씨, 짜증 나. 아이씨, 마음에 안 들어. 아이씨, 이럴 거면 판을 엎고 내가 새로 까는 게 낫지. 아이씨, 아이씨….

슬기로운 창업 생활

〈이태원 클라쓰〉가 전면으로 내세운 주인공은 박새로이지만 그는 사실상 정신적 지주 역할일 뿐 딱히 행동으로 뭘 하는 건 없다. 단밤포차에서 일할 사람들을 모으고 그들을 하나의 공동체로 묶은 것, 그러니까 사람을 발탁하고 살뜰히 품는《삼국지》의 유비와 같은 존재랄까. 그러나《삼국지》를 조금이라도 읽은 사람들은 알겠지만, 실질적인 전략은 다 제갈공명의 머리에서 나온다. 〈이태원 클라쓰〉도 마찬가지다. 드라마를 한 번이라도 본 사람이라면 눈치챘겠지만 회사 운영과 경영 전반에 관한 것은 모두 조이서의 몫이다.

박새로이가 기업의 비전을 제시하는 명예회장이라면 조이서는 그 비전을 현실에서 실현할 수 있게 만드는 전문경영인의 역할이다. 그런 의미에서 조이서의 성공담은 창업하고자 하는 예비 CEO에게 나름의 노하우를 전수해준다. 예비 창업인에게 가장 필요한 역량은 무엇일까. 바로 위기관리다. 난세에 영웅이 탄생한다는 옛말처럼 위기가 발생했을 때 어떤 태도를 보이느냐에 따라 그 사람이 지닌 가치가 달라진다.

〈이태원 클라쓰〉에서 가장 큰 사건은 학창시절에 경험한 사회지도층의 갑질이다. 훌륭한 인재의 덕목인 위기대처 능력과 문제해결 능력 그리고 윤리성을 두루 살펴볼 수 있는 아주 훌륭한 위기 사례다. 대처방법에 따라 박새로이와 조이서의 운명은 그 이전과 이후로 크게 달라진다. 동급생에 대한 재벌 2세의 학교폭력을 목격한 박새로이는 "재벌 2세면 양아치 짓 해도 되는 거야?"라고 꾸짖으며 '자신이 곧 법'이라고 주장하는 재벌 2세의 얼굴을 주먹으로 한 방에 날려버린다. 이러한 화끈한 방식은 전형적인 영웅의 모습을 연상시키며 통쾌한 카타르시스를 불러일으킨다. 하지만 그 일 때문에 그는 전과자 신세가 된다. 문제를 해결한 게 아니라 더 키운 꼴이다.

반면에 '전문경영인' 조이서는 비슷한 상황에서 자기 손에 피를 묻히지 않고 손쉽게 문제를 해결한다. 그녀는 구청장 딸의 학폭 현장을 SNS에 업로드함으로써 가해자 학생들이 대중의 질타 속에서 저절로 학교 징계를 받게 한다. 구청장 부인이 찾아와 딸의 복수를 감행하려 하지만 그녀는 자신이 뺨 맞는 갑질 피해 영상을 인터넷에 올리겠다는 말로 단숨에 제압해버린다. 이쯤 되면 명분과 실리를 모두 챙긴 조이서의 완승이라 할 수 있겠다. 역시 슬기로운 제갈공명답다.

조이서가 이태원의 작은 포차를 요식업계 1위 'IC' 그룹으로 키워가는 과정을 옆에서 지켜보는 일은 창업을 준비하는 사람들에게만 도움이 되는 건 아니다. 남의 회사에 다니는 직장인에게도 나름의 시사점을 준다. 조이서의 행보를 따라가다 보면 저절로 회사 운영 전반에 관한 노하우를 배울 수 있고, 그러한 실전 정보는 회사 경영진들이 어떻게 생각하고 어떻게 결정을 내리는지 그들의 사고체계를 이해할 수 있는 좋은 밑거름이 된다. 출제자의 의도를 알아야 정답을 쉽게 찾아낼 것 아닌가. 회사 대표들이 입버릇처럼 말하는 '주인의식을 갖고 회사에 다녀라'라는 말도 안 되는 말을 자기 암시로 시뮬레이션해볼 좋은 기회다. 회사에서 원하는 인재상을 드라마를 통해 배우는 셈이다.

내 인생을 개척하라

스물일곱 살이란 젊은 나이에 요식업계 1위 'IC' 그룹의 전무이사가 된다는 것은 겉보기에 엄청 화려한 성과다. 하지만 남들이 가지 않는 길을 선택하기까지 많은 어려움이 있었을 것이다. 극 중 조이서의 엄마는 평범한 사람들이 갖는 일반적인 사고의 전형을 보여주는 인물로 등장한다. 왜 남자 때문에 명문대 진학을 포기하느냐고, 자기 인생 없이 남자에게 목매는 삶이 얼마나 부질없는 것인지 그녀는 남편과 이혼하고 혼자 딸을 키운 자기 인생에 빗대어 딸을 설득하려 한다. 이때 조이서는 당당하게 말한다. "엄마 말대로 난 너무 잘났기에 사랑, 성공 모두 이뤄낼 수 있어."

걱정과 우려에 휩싸인 엄마를 바라보는 조이서의 당당한 눈빛은 '둘 다 가지면 되지, 왜 하나를 포기해?'라고, 인생에 대한 우리의 소극적인 태도에 대해 오히려 이의를 제기한다. "나, 남의 꿈에 기대는 거 아니야. 엄마 꿈 짊어지지도 않을 거고. 내가 주체인 삶, 내 인생이야."

그녀에게는 사랑도 도전의 대상이고 개척해야 할 새로운 사업이다. 박새로이가 고교 중퇴자이자 전과자이기에 별 볼일 없다는 엄마의 비난에 그녀는 "그저 그런 사람이 아닌 대단한 남자로 만들 거야, 내가"라고 당당하게 응수하고서는 그의 든든한 조력자가 되어 그를 요식업계 1위 'IC' 그룹 대표로 만들어낸다. 드라마를 보다 보면 저절로 알게 되는 흥미로운 진실이 하나 있는데, 박새로이는 조이서가 없으면 그냥 정의감 넘치는 동네 형에 불과하지만, 조이서는 어떤 남자를 옆에 붙여놔도 극강의 케미를 자랑할 것이라는 점이다. 만약 조이서를 짝사랑하던 장근수(김동희)가 조이서의 간택을 받았더라면 요식업계 1위 회사 대표는 박새로이가 아니라 장근수가 되었을 게 분명하다. 음음, 이쯤 되면 조이서야말로 2020년 창업신화 〈이태원 클라쓰〉의 진정한 영웅이 아닐까 싶다. "내 가치를 네가 정하지 마. 원하는 거 다 이루고 살 거야. 내 인생 이제부터 시작이거든." 이건 극 중 박새로이의 대사지만 이 책에서만큼은 조이서의 대사라 해도 아

무런 문제가 되지 않을 것이다. 지금의 박새로이를 만든 건 조이서니까. 사업도 사랑도 모두 그녀의 손에서 아름다운 꽃을 피우니 말이다.

서달미 〈스타트업〉

〈이태원 클라쓰〉가 주몽의 고구려 건국신화에 견줄 만한 장엄한 스케일의 창업신화라면, 〈스타트업〉은 늦은 밤 자기 전에 할머니가 들려주는 아기자기한 구전설화에 가깝다. 스무 살에 창업해 스물일곱 살에 업계 정상에 오른 〈이태원 클라쓰〉의 조이서와 달리, 〈스타트업〉의 서달미(배수지)는 스물일곱 살에 뒤늦게 스타트업 투자 교육기관인 샌드박스에 입주하기 위해 분주히 노력하는 평범한 청춘이다. 대학 진학률이 백 퍼센트에 육박하는 고학력 시대에 고졸이라는 독특한 학력을 공유하고 있긴 하지만 'IQ 162'의 조이서가 처음부터 뭐든 다 잘하는 타고난 인재인 반면에, 서달미는 어쩌다가 등 떠밀려 창업을 시작한 전직 비정규직 사원이다.

서달미의 사업 파트너이자 동갑내기 연인 남도산(남주혁) 역시 인생이 지지부진하긴 마찬가지다. 그의 사업계획서를 검토한 벤처캐피탈 대표 한지평(김산호)은 투자할 의향이 없음을 밝히며 그 이유를 "지금까지 내가 투자를 검토한 곳이 천 개 정도 됩니다. 투자한 곳은

한 서른 개가 좀 넘고 투자한 곳 중에 후속 투자 못 받은 스타트업이 네 개입니다. 투자 안 한 곳 중에 성공한 스타트업은 제로. 없습니다. 난 이 두 번째 기록을 깨고 싶지가 않아요"라고 아주 깔끔하게 설명해준다. 희망 고문도 아깝다는 듯이. 피도 눈물도 없이.

창업을 준비하는 스물일곱 살 서달미와 남도산에게 청춘이란 이름의 아름다운 환상은 존재하지 않는다. 자꾸만 엇갈리는 그들의 사랑처럼 그들의 삶도 선택과 후회의 문제로 극심한 성장통을 겪는다. 특히, 서달미는 이혼한 부모님 사이에서 엄마가 아닌 아빠 곁에 남기로 한 것을 시작으로 계속 무언가를 선택하고 그 결과에 대해 후회하지 않는지 의심해볼 것을 요구받는다.

드라마 주인공답게 그녀는 "전 한 번도 제 선택에 후회한 적 없으니까"라고 당당하게 행동한다. 샌드박스에서 스팩 좋은 디자이너를 창업회사 팀원으로 영입하기 위해 사람들 다 보는 앞에서 무릎을 꿇는데, 그런 순간에도 그녀는 자기만의 인생론을 펼치며 위풍당당한 자세를 잃지 않는다. "후회는 선택하는 순간에는 오지 않잖아요. 과정에서 오지. 난요, 내 선택을 한 번도 후회해본 적이 없어요. 기를 쓰고 그렇게 만들었거든. 그러니까 난 그 사람 선택도 후회 안 하게 만들 자신이 있어요. 이깟 무릎 천 번, 만 번 꿇을 수 있어. 뭐든 할 수 있어요, 난."

그런데 후회를 안 한다는 게 과연 가능한 일일까.

백 프로 마음에 드는 그런 선택이 있을까. 그런 결과가 있을까. 그런 완벽한 사람이 있을까. 누군가를 사랑할 때도 설렘만 있을 수는 없다. 질투와 오해 같은 건 사랑할 때 저절로 따라오기 마련이다. 오히려 그걸 통과하는 과정에서 사랑이 견고해지고 애절해지기도 한다. 선과 악, 행복과 불행, 이해와 오해, 오른쪽과 왼쪽, 짜장과 짬뽕, 산과 바다, 엄마와 아빠…. 빛이 있으면 그림자가 있는 것이 세상의 이치이고 순리다. 인생이라고 뭐 다르겠는가. 무언가를 선택하면 자연스레 어느 부분에 대해서는 후회하게 되고, 그렇게 후회를 해봐야 반성도 하고 성찰도 하면서 인생이 더 나은 방향으로 개선되는 법이다. 서달미 옆에 이상과 꿈을 좇는 낭만적인 남도산과 뼈 때리는 현실감각의 최고 독설가 한지평이 세트로 함께 있는 것도 아주 자연스러운, 아니 다행스러운 일이 아닐 수 없다. 극 중 한지평은 스타트업 멘토로 창업하는 사람들에게 사업 운영에 관해 전문적인 컨설팅을 해주는데, 스타트업 대표로서 선택 장애에 빠진 서달미에게 냉정하리만큼 지극히 현실적인 조언을 건넨다.

"답은 없습니다. 답을 찾지 말고 선택을 해요. 무슨 선택을 하든 욕은 먹습니다. 그 욕 먹는 걸 두려워하면 아무 결정도 못 해요. 결정 못 하는 대표는 자격이 없죠. (…) 좋은 사람? CEO? 하나만 골라요. 욕심을 버려요."

'나의 선택을 절대 후회하지 않는다'보다 '어떤 선택이든 후회하겠지만 그걸 두려워하지 않겠다'가 훨씬 더 매력적으로 들리지 않는가. "욕심을 버려요." 신기하게도 한지평의 차가운 독설은 인간미 없이 냉정해 보이기보다는 오히려 있는 그대로의 현실과 나 자신을 받아들일 수 있는 용기와 유연함으로 해석된다. 실패하지 않는 것보다 실패를 두려워하지 않는 것, 이것이 바로 무한도전 정신을 가진 스물일곱 살 서달미를 위한 진정한 위로이자 격려 그리고 사랑이 아닐까. 다들 나와 같은 마음이었는지 조연 한지평은 주연 남도산을 누르고 드라마의 시청률 치트키로 열일하며 뭇 여성들의 최애 캐릭터로 등극했다. 앞에서는 독설을 내뱉지만 뒤에서는 묵묵히 곁을 지키는 듬직한 키다리 아저씨라나 뭐라나. 보면 볼수록 매력적인 츤데레라나 뭐라나.

〈스타트업〉은 주연 대신 조연이 더 많은 사랑을 받은 화려한 역전극, 그러니까 남들 다 가는 길이 아닌 새로운 길로 가서 성공한 드라마로 오래 기억될 것이다. 남들 다 하는 취직은 안 하고 나 홀로 창업을 준비하는 이 시대의 마이너들에게 이보다 더 좋은 소식이 있을까. 가자, 새로운 세계로. 한지평의 짝사랑이 응답받는 새로운 세상으로.

스물여덟 살

나봉선

오 나의 귀신님

다니던 직장을 그만두고 뒤늦게 중앙대 문예창작학과 대학원에 입학했다. 그때 내 나이 스물여덟이었다. 나와 같은 꿈을 가진 사람들을 만난다는 생각에 다시금 심장이 말랑말랑해진 느낌이었다. 하지만 내가 마주한 현실은 나의 상상과 완전히 달랐다. 대학원 재학생 모두 대학에서 문예창작학이나 국문학을 공부한 전공자였고 비전공자인 나의 눈에 그들은 이미 작가나 다름없었다. 실제로 시인이나 소설가로 이름을 알린 사람도 꽤 있었다. 강의실에 앉아 있는 나의 존재가 한없이 작게 느껴졌다.

좋은 글을 읽을 때마다 독서의 즐거움보다 내가 이런 글을 쓰지 못한다는 괴로움이 더 컸다. 영혼을 팔아서라도 좋은 글을 쓰고 싶었지만 보잘것없는 내 영혼을 사겠다고 나서는 어리바리한 악마는 없었다. 길 잃은 뮤즈가 기적처럼 나를 찾아오진 않을까 기다렸지만 감감무소식이었다. 나의 스물여덟 살은 그렇게 오지 않는 누군가를 애타게 기다리는 불면의 밤으로 점철되었다. 악마든 뮤즈든 누구든 찾아와 나의 초라한 영혼을 달래주길 간절히 바랐다. 오, 나의 귀신님이여.

친애하는 파우스트 씨에게

〈오 나의 귀신님〉은 소심한 나봉선의 몸에 활발한 심순애의 혼이 들어오는, 빙의 모티프의 판타지 드라마다. 나봉선(박보영)은 어린 시절부터 귀신들이 말을 걸어오는 바람에 사람들과 어울리지 못하고 혼자 조용히 숨어지내듯 사는 '스물여덟 살' 주방보조다. 블로그에 직접 요리한 음식 사진을 업로드하며 셰프의 꿈을 키우지만, 그녀가 일하는 레스토랑에서는 존재감이 제로다. 그녀가 남몰래 연모하는 오너 셰프 강선우(조정석)는 그녀의 마음도 꿈도 모른 채 모진 말을 쏟아낸다.

"주방 만만한 데 아니야. 전쟁터야. 센 사람, 강한 사람만 남는 데라고. 니가 널 약자로 만들면 어림없어, 여기. 진심으로 너한테 충고하는데 진짜 잘 한번 생각해봐. 주방이 너한테 맞는 데인지. 괜히 미련하게 버티다가 너 혼자 상처받고 다른 사람한테도 민폐 끼치지 말고."

셰프의 꿈도 한 남자를 향한 사랑도 접고 레스토랑에 사직서를 낸 날, 나봉선의 몸에 죽은 심순애가 빙의된다. 괴테의 소설《파우스트》에서 자신의 영혼을 팔아 악마와 계약을 맺는 파우스트 박사의 마음이 이랬을까. 나봉선이 가장 슬프고 절망하던 그 순간에 그녀는 완전히 새로운 사람으로 다시 태어난다. 어둡고 의기소침한 나봉선에서 밝고 명랑한 심순애로. 나봉선의 몸에 들어온 건 심순애의 의지였지만 심순애의 죽은 영혼을 불러들인 건 나봉선의 간절한 마음이 아니었을까. 아, 이렇게 살고 싶지 않아. 아, 다른 사람이 되고 싶어. 아, 스물여덟 살의 김민정은 밤마다 얼마나 나만의 '귀신님'이 찾아오기를 기다렸던가.

내 안에 너 있다

그렇다면 나봉선의 '그녀' 심순애는 누구인가. 그녀는 아버지와 함께 기사식당을 운영하며 털털한 성격과 뛰어난 손맛으로 중년 기사 아저씨들의 사랑을 듬뿍 받았지만, 불의의 사고로 사망한 처녀 귀신이다. 그녀는 삼 년 안에 한을 풀지 않으면 악귀가 되어 영영 구천을 떠돌아야 하는 신세가 되고, 그걸 핑계 삼아 양기 가득한 남자만 보면 적극적으로 들이댄다. 살아생전에는 가게 일 하느라 자기 자신을 제대로 챙기지 못했기에 그녀는 욕망을 드러내는 데 거침이 없다.

"아, 바보, 진짜. 이렇게 살 필요 없는데. 아니, 한 번 태어나서 한 번 죽는 거 쓰고 싶은 거 막 쓰고, 하고 싶은 거 다 하고. 연애 같은 것도 양다리 같은 것도 걸치고 삼다리 걸치고 그래야 하는 건데. 아끼다 똥 되는 줄도 모르고."

나봉선의 몸 안에서 심순애는 자신이 원하는 바를 적극적으로 행동에 옮긴다. 항상 소심하고 죄송하다는 말만 입에 달고 살던 나봉선이 당당하고 애교 있는 모습으로 백팔십도 바뀌자 강선우 셰프는 자기도 모르게 빙의된 그녀에 끌리고, 나중에는 그녀를 진심으로 좋아하게 된다. "이렇게 시작하자고…. 그리고 천천히, 오래오래 가자." 아, 셰프랑 연애하는 건 이런 맛일까. 섹스 한번 하자고 달려드는 나봉선을 강선우는 달콤한 말로 다독인다. "아무리 맛있고 비싼 음식이라도 급하게 먹으면 체하는 거야. 몸 체하는 것보다 무서운 게 마음 체하는 거야. 알았어?"

처음에 나봉선은 빙의를 피해 도망 다니지만 시간이 지나면서 마음에 변화가 생긴다. 심순애의 적극성 덕분에 강선우 셰프와 연인 관계로 발전하자 그와 계속 잘 지내고 싶은 마음에 빙의를 자발적으로 허락한다. 그렇게 점점 달콤해지는 두 사람의 핑크빛 감정. 뭔가 해피엔딩 같지만 찝찝한 이 기분.

아니나 다를까. 나봉선은 강선우 셰프가 사랑하는 것이 자기인지 심순애인지 고민에 빠지고, 뒤늦게 빙의 사실을 알게 된 강선우 역시 혼란에 빠진다. 다행스럽게도 드라마는 빙의된 나봉선이 아닌 빙의를 계기로 성격이 변한 나봉선을 사랑한 걸로 훈훈하게 끝난다. "여느 때와 다름없이 계절은 또 바뀌고 일상은 쳇바퀴를 돌지만, 그 여름, 한여름의 밤처럼 다녀간 그녀로 인해 우리는 사랑을 알았고, 인연의, 사람의 소중함을 깨달았다. 그리고 그녀의 충고대로 나는 오늘도 충분히 나를 사랑한다. 또 그를 사랑한다."

별에서 온 비극적 체질

음, 과연 현실에서도 이렇게 깔끔하게 두 사람의 감정이 정리될 수 있을까. 만약 내가 나봉선이었다면 강선우가 진짜 사랑하는 것이 나인지 심순애인지 계속 의심하고, 그 의심을 멈추지 못하는 나 자신이 부끄러워 결국엔 이별을 택하지 않았을까 싶다. 물론 내 성격이 변했다는 것도 쉽게 받아들이지 못했을 것이다. 지금의 나가 진짜 나인지, 아니면 내가 심순애를 흉내 내고 있는 건 아닌지 계속해서 나 자신을 의심할 것 같다. 이렇게 쓰고 나서 보니까 나는 집요하게 불행을 쫓아다니는 '비극적' 체질 같은데…. 드라마 주인공 하기엔 부적합한 것 같은데….

〈별에서 온 그대〉를 볼 때도 그랬다. 한여름의 태양처럼 화사한 천송이(전지현)를 향해 무한 감탄을 내뿜다가 문득 그녀가 극 중 스물여덟 살이란 걸 깨닫고는 마음이 무거워졌다. 만약 천송이가 스물여덟 살의 '나'였다면 나의 삶은 어떻게 달라졌을까. 내게는 불면의 연속이었던 고통스러운 대학원 생활이 천송이 특유의 당당함과 명랑함으로 흥미진진한 모험담이 되진 않았을까. 아니면 사랑이 꽃피는 로맨틱한 청춘 캠퍼스드라마가 되진 않았을까. 문제는 내가 사는 현실이 아니라 나인 것 같다는 가슴 아픈 깨달음.

극 중 천송이는 인기가 떨어져 비중 없는 역할을 맡게 되었을 때 '주연 잡아먹는 조연'이 되겠다며 재기의 발판을 다진다. 그렇게 천송이는 스스로 자기 길을 개척해나간다. 우리 인생이 한 편의 드라마라면 그녀는 드라마 주인공이 되기에 충분한 자격이 있다. '비극적 체질'인 나는 왠지 주인공으로 캐스팅되었더라도 조연으로 밀려날 것 같지만. 강선우의 진심을 끝끝내 믿지 못해 그가 지쳐 나가떨어지게 만

드는 한심한 나봉선이나 악마에게 영혼을 팔고도 계속 찝찝해하며 여전히 제대로 된 글을 못 쓰는 심약한 파우스트 같은, 그런 자발적 조연 인생.

뭐, 그렇다고 조연이 꼭 나쁜 것만은 아니다. 곰곰이 생각해보면 '주연' 천송이의 삶도 드라마를 이끌어가야 하는 주인공답게 우여곡절이 참 많다. 재벌 사이코패스로부터 수시로 살해 위협을 받는 것만으로도 괴로운데, 사랑하는 남자가 외계인이라 혼자 지구에 남아 끝없이 기다림을 인내해야 하는 망부석 신세다. 상상만 해도 끔찍하다. 그냥 소소하게 불행하고 아기자기하게 슬픈 평범한 스물여덟 살로 사는 게 맘 편할 것 같다. 아, 오늘 또 글이 안 써지네. 아, 괜찮아. 늘 안 써지잖아. 아, 내일 또 쓰면 되지, 뭐. 아, 아, 악마고 뮤즈고 다 필요 없어. 아, 밀크셰이크 먹고 싶다.

클레어 언더우드 〈하우스 오브 카드〉

찰리 채플린의 명언이 떠오른다. 인생은 가까이서 보면 비극이요, 멀리서 보면 희극이다. 작가가 되려고 대학원에 가겠다는 결심을 밝혔을 때 또래 친구들은 모두 나를 부러워했다. 안정된 직장을 버리고, 꼬박꼬박 들어오는 월급을 외면하고 진정 내가 좋아하는 일을 찾아 떠난다니, 얼마나 낭만적인가. 하지만 직장인 친구들이 부러워한 나의 대학원 생활이 모든 것을 내려놓은 스물여덟 살 작가 지망생에게는 절대 물러설 수 없는 위태로운 절벽이었다는 걸 아는 사람은 없었다. 그들이 속한 평탄한 삶의 궤도를 내가 얼마나 그리워했는지 눈치챈 사람도 없었다.

지금 돌이켜보면, 나는 나의 슬픔을 숨기느라 힘들었고 나의 친구들은 그들 나름대로 그들의 아픔을 감추느라 힘들지 않았을까 싶다. 다른 사람의 인생만 바라보다가, 부러워하다가, 감탄하다가, 그렇게 스물여덟 살을 보낸 것이다. 빛이 있으면 그림자가 있고, 낮이 있으면 밤이 있는 것인데, 인생이란 게 꼭 좋은 것만 있는 건 아닌데 말이다.

스물여덟 살이란 이름의 길고 긴 터널을 지나고 있는 모든 그대들을 위해 준비했다. 바로 '멀리 보아 아름다운' 언니들이다. 드라마 볼 때는 부러움의 대상이었으나 나보고 그 인생을 살라고 하면 극구 사양하고 싶은, 가까이 하기엔 너무 먼 언니들. 그 언니들의 이야기를 듣다 보면 한결 마음이 편해지지 않을까 싶다. 나만 힘든 건 아니구나. 너도 힘들고 나도 힘들고, 그러니까 우리 같이 힘들어하자. 그렇게 힘을 내보자.

로맨스 장인 김은숙 작가의 대표작 〈시크릿 가든〉을 보다 보면 자연스럽게 재벌 2세 김주원(현빈)의 절대적 사랑을 받는 길라임(하지원)이 부러워지는데, 이때 마음을 차분히 가라앉히고 길라임에 빙의를 해보면 부러움이 싹 가신다. 우선 길라임처럼 살려면 스턴트우먼으로서 매번 현장에 들어갈 때마다 목숨을 걸어야 한다. 그런데 그냥 목숨을 거는 것으로 끝나는 게 아니라 직업 소명의식이 동반되어야 한다. 김주원이 길라임에게 반한 이유 중 하나가 그녀가 가진 스턴트 일에 대한 자부심이기 때문에 늘 당당하게 죽음과 맞서야 한다. 아, 없던 고소공포증도 생길 것 같다.

저 멀리 중국으로 가도 상황은 별로 나아지지 않는다. 전 세계가 찬사를 보낸 아름다운 중국 드라마 〈삼생삼사 십리도화〉. 한 여자를 사랑하는 한 남자의 지고지순한 사랑 이야기지만, 실상은 그와의 사랑으로 인해 여자는 수시로 생사의 갈림길에 서고, 맨정신에 두 눈까지 빼앗기고, 스스로 목숨을 버리게 되는 최악의 비극이다. 아, 난 안

구건조증만으로도 충분히 고통스럽다.

사랑을 포기하고 성공으로 방향을 튼다고 해도 세상은 그리 호락호락하지 않다. 오바마 대통령이 추천했다고 해서 열심히 봤던 미국 정치 드라마 〈하우스 오브 카드〉. 극 중 여자주인공 클레어는 남편을 대통령 만들려고 열심히 내조하다가 나중엔 자신이 부통령 자리에 오르며 성공적인 정치인으로 거듭난다. 그래서 뭔가 대단한 여자로 그려지는데, 가만히 그녀의 삶을 들여다보면 그 성공이 전혀 부럽지 않다. 사랑과 일에 있어 그녀의 파트너였던 남편 언더우드는 권력을 위해서는 살인도 서슴지 않는 권모술수형 인물로 악인에 가깝다. 젊은 여자 기자와 신나게 섹스해놓고는 정치적으로 이용할 가치가 없어졌다는 이유로 지하철 선로에 밀어 죽여버린다. 이런 소시오패스와 함께 수십 년 동안 울고 웃고 해야만 성공할 수 있다면 난 부통령이 되길 사양하겠다. '민정'수석이라면 또 모를까.

블랙독

잠재된 가능성만으로 충분히 존중받을 수 있는 것이 이십 대 청춘의 특권이라면 스물아홉 살은 그 가능성을 슬슬 가시적으로 증명해 보여야 할 때다. 그런데 스물아홉 해를 살아오면서 내가 성취해낸 것이라고는 대학원 재학생이라면 누구나 가지고 있는 학생증 하나가 전부였다. 체크카드 겸용이라서 내가 입금한 만큼만 돈을 쓸 수 있는 정직한 카드.

분명 내가 노력한 만큼 현금을 찾아 쓸 수 있다면 최소한 내 생활비는 내가 감당할 수 있어야 하는데, 나의 체크카드는 묵묵부답이었다. 그 나이 되도록 부모님 집에 얹혀사냐는 처음 만난 사람의 비아냥을 듣고도 화를 낼 수 없었다. 나 역시 나 자신에게 묻고 싶었다. 작가가 된다고 해서 어딘가 소속이 생기거나 월급을 받는 것도 아닌데 왜 이렇게 힘겹게 글을 쓰겠다고 고집을 부리는 것인지. 불안한 프리랜서의 길을 왜 굳이 가겠다고 결심한 것인지.

내 계급은 비정규직

〈블랙독〉은 '스물아홉 살' 사립고등학교 기간제 교사 고하늘(서현진)을 통해 이상과 현실 사이에서 위태롭게 균형점을 찾으려 노력하는 이십 대 청춘의 초상화를 그린다. 박주연 드라마 작가가 실제 사립고 기간제 교사 출신이기에 그들만의 세상을 아주 현실적으로 묘사했다는 평가를 받았는데, 오히려 그 사실감 때문에 드라마 보기가 좀 힘들 수도 있다. 나이가 스물아홉이라면, 여전히 인생이 불안정한 사람이라면 말이다.

기간제 교사 고하늘은 처음 배정받고 찾아간 교무실에

서 자기 자리에 낯선 이름이 적혀 있는 걸 발견한다. 기간제 교사로 근무했던 이전 사람의 흔적. "전화 몇 통이면 그 자리 금방 채울 수 있거든요"라는 정규직 교사의 말은 비수가 되어 고하늘의 가슴을 후벼파고, 일회용품처럼 사용되다가 금방 버려질 거라는 불길하고 불쾌한 예감이 극의 분위기를 무겁게 가라앉힌다.

〈블랙독〉은 기간제 교사의 이야기를 다루지만 자신이 속한 직장과 일터에서 비정규직으로 일하는 모든 사람에 관한 이야기로 읽어낼 수 있다. 그런 의미에서 기간제 교사가 겪은 차별 사례를 함께 살펴보는 것 또한 유익한 인생 공부가 되지 않을까 싶다. 몸에 좋은 약은 입에 쓴 법이니까. 쩝쩝.

사례 1. 기간제는 내일도 출근하나요.

고하늘이 제안한 새로운 방법의 방과후 수업에 대해 모든 교사가 부담스러워한다. 내년에 고하늘이 그대로 있는 것도 아닌데, 그 뒷감당은 누가 하란 말인가. 이에 선배 기간제 교사는 "샘, 이렇게 열심히 안 하셔도 돼요. 딱 중간. 어차피 우리 떠날 건데"라고 충고를 해주고, 이 말을 뒷받침하

듯 휴직했던 정교사가 갑자기 복직하면서 한 기간제 교사의 일 년 계약이 5개월로 확 줄어들어버린다.

사례 2. 기간제를 기간제로 불러도 되나요.

학교 안내방송이 나온다. "기간제 선생님들은 가급적 빨리 행정실로 와주셨으면 좋겠습니다." 평소 기간제인지 정교사인지 공식적인 묵인 아래 학급 담임도 맡고 수업도 진행했던 기간제 선생님들은 당황해하며 학생들 눈치를 본다. 이상한 낌새를 눈치챈 몇몇 학생들은 "샘, 기간제예요?"라고 묻고, 교실 분위기는 한순간에 살얼음판처럼 차갑게 경직된다. 학교 안내방송을 들은 정교사들도 웅성대기는 마찬가지. 의견은 둘로 갈린다. "선생님들도 애들 앞에서 입장이란 게 있지." "그분들이 안다고 해서 기분 나쁠 문제입니까? 아닌 게 아니라 같은 교무실에서 일한다고 해도 기간제와 우리는 엄연히 다른 존재 아닙니까? 똑같이 월급을 받고 일한다고 해도 우리는 여기서 평생 같이할 식구고, 그 사람들은 스쳐 지나갈 인연이잖아요."

사례 3. 기간제는 직업인가요.

인생에서 마음의 상처를 가장 크게 받은 기억을 말해보라고 하면 신기하게도 백이면 백 엄마 아빠, 그러니까 가족 이야기를 꺼낸다. 낯선 타인이 아니라 나와 가까운 사람에게 받는 상처가 더 크다는 이야기다. 나의 약점이 무엇인지 가장 잘 아는 사람일 테니까. 어찌 보면 당연한 결과다. 고하늘의 엄마는 딸에게 한마디 툭 던지는데, 그게 날카로운 독화살이 되어 고하늘의 심장을 관통한다. "결혼 정보회사 등급표에 학교 선생님은 1등급이지만 기간제 교사는 아예 없다더라."

교사란 무엇인가

기간제 교사가 하나의 직업으로 인정조차 받지 못하는 비참한 현실에서 고하늘은 왜 교사가 되려고 하는 것일까. 도대체 그것이 무엇이길래. 〈블랙독〉은 '교사란 무엇인가'라는 근본적인 질문을 던지며 첫 회의 문을 연다. 수학여행에서 버스 전복사고가 발생하고 한 학생만 홀로 버스에 남겨진다. 폭발 위험에 놓인 버스 근처로 다가갈 용기를 아무도 내지 못하는 상황에서 한 교사가 다른 교사의 만류를 무릅쓰고 달려간다. 교사의 도움으로 학생은 무사히 구출되지만 교사는 폭발을 피하지 못해 그 자리에서 사망한다. 교사의 희생에도 불구하고 학교에서는 죽은 사람이 기간제 교사, 그러니까 '진짜 선생'이 아니므로 법적으로 보험금이 없다며 그의 죽음을 외면한다.

죽은 교사가 목숨을 걸고 구해낸 학생, 그 아이가 바로 고하늘이다. "도대체 무엇 때문에 내게 그렇게까지 할 수 있었던 걸까? (…) 나는 그 답을 꼭 찾아야겠습니다"라며 그녀는 일생일대의 출사표를 내걸고 교사의 길을 선택한다.

기간제 교사 초반에 그녀는 "학생들에게 필요한 것은 실전에서 문제 푸는 능력이니까" 철저히 수능 위주의 수업을 진행하는 학원형 교사로 등장한다. 하지만 현대판《손자병법》이라 불리는 오피스물의 주인공답게 점점 진정한 교사의 면모를 갖추어나간다. 같은 국어 과목을 담당하는 정교사 김이분이 수업자료 준비를 떠넘기고 무임승차하려고 할 때 그녀는 묵묵히 감내해낸다. 이를 지켜본 동료 교사가 그녀의 지나친 저(低)자세를 지적하지만 그녀는 "지는 게 아니라 우선순위"를 생각했다고, "우리가 계속 힘 싸움을 하면 가장 피해 보는 건 누굴까, 바로 학생"이라며 놀라운 성장 서사를 만들어간다.

극 후반부에 그녀는 정교사 채용에서 불합격하고 계약 만료로 정든 학교를 떠난다. 그토록 원했던 정교사가 되지 못했지만 그녀는 "반 아이들이 나를 선생님이라고 부르는 순간에 나는 진짜 선생이 되었다"라며 "이제는 세상이 만들어놓은 정교사와 기간제라는 틀이 나를 흔들 수 없다는 확신도 함께 들었다"라고 신실한 간증을 토해낸다. 정말 드라마 16회를 꼬박 다 보았음에도 불구하고 공감하기 힘든 대사였다. 고하늘 옆에서 늘 든든한 멘토 역할을 해주는 박상순 선생님(라미란)의 거룩한 말씀 "애들한테는 다 똑같은 선생님이에요. 나나 고하늘 선생님이나"만큼이나 비현실적이랄까. 에이, 진짜 드라마네, 드라마, 하며 혼잣말을 했지만 정말 그런 세상이 어딘가에 있다고 진심으로 믿고 싶었다.

학교니까. 앞으로 우리가 살아갈 미래를 책임지는 학교니까 말이다.

배움에는 끝이 없다

어떻게 고하늘은 아이들이 선생님이라고 부른다고 해서 진짜 선생이 되었다는 자부심을 느낀 것일까. 기간제는 기간제, 정교사는 정교사, 그러니까 작가는 작가, 작가 지망생은 작가 지망생 아닌가. 말도 안 되는 글을 써놓고 진짜 작가가 된 것처럼 뿌듯해하던 스물아홉 살의 빈곤한 내 영혼이 기억난다. 정말 지우고 싶은 흑역사의 한 장면이다. 세상을 놀라게 할 만한 천재적인 재능이 있는 것도 아니고, 세상에 글 쓸 사람이 나 말고 없는 것도 아닌데 나는 왜 스스로 작가가 되어야 한다고 생각했던 걸까. 세상에서 제일 힘든 게 자아 성찰이다. 쩝쩝. 입맛이 쓰다.

그동안 수많은 작가가 왜 자신이 글을 쓰는지에 대해 나름의 문학론을 개진했다. 소외된 사람들의 이야기를 기록하고 싶다거나 부조리한 세상을 변화시키고 싶다거나 세상은 바꾸지 못할지라도 최소한 세상에 의해 나 자신이 변하는 것만큼은 막고 싶다거나…. 이런 거창한 말을 할 수 있다면 참 좋을 텐데, 나는 그냥 글이 좋았다. 극 중 고하늘은 교사

채용 면접에서 왜 교사가 되려고 하는가, 라는 질문에 "아이들이 예뻐서. 집에 가서도 생각나서"라고 답변한다. 나도 비슷하다. 글이 좋아서. 글을 쓸 때도 안 쓸 때도 늘 글이 생각나서.

작가의 길을 걷고자 결심했을 때 가족을 포함해 주변 사람들 모두 나의 미래를 걱정했다. 자발적 프리랜서의 삶이라니! 앞날에 대한 고민 없이 좋아하는 일을 하며 살겠다는 게 얼마나 철딱서니 없는 짓인지 지적하는 사람도 있었다. 그 사람 눈에는 내가 앞뒤 안 가리고 뜨거운 불에 달려드는 불나방처럼 보였을 것이다. 안타깝게도 그 말에서 나는 자유롭지 못했다. 나와 불나방, 둘의 차이점을 찾기 어려웠다. 나는 나 자신을 위해 작가가 되어야 하는 이유를 찾아야만 했다. 스스로 납득할 수 있는 답을.

드라마 마지막 회에 고하늘은 임용고시에 합격하여 정교사가 된다. "선생님, 저는 여전히 즐겁게 그 답을 찾고 있습니다." 정교사가 되고 이미 답을 찾았을 것으로 생각했는데, 그녀는 여전히 답을 찾고 있다고 말한다. 고하늘에게 배워본 적은 없지만, 그녀가 좋은 선생님이 맞긴 맞는 것 같다. 답은 그 자체로 존재하거나 정해져 있는 것이 아니다. 그것은 내가 찾아가는 것, 그러니까 내가 직접 만들어가는 것이다. 과거완료형이 아니라 현재진행형, 어쩌면 영원한 미완의 미래 시제.

몇 권의 책을 출간했음에도 나는 여전히 내가 작가이어야 하는 이유를 찾고 있다. 그리고 지금 이 순간 나의 글을 소중히 읽는 당신이 바로 내가 애타게 찾던 그 답이란 걸 잘 안다. 내 글을 읽은 누군가의 마음 한구석이 따뜻해지는 순간, 책장에 꽂힌 내 책을 바라보며 누군가 환하게 미소 짓는 순간, 내가 쓴 문장을 누군가 가슴 깊이 새기는 순간, 바로 그 순간들이 모여 나는 진짜 작가가 된다.

진심으로 감사하다. 내 꿈의 증거가 되어준 그대가 있어서. 내 희망의 이름이 되어준 그대가 있어서. 내 삶의 이유가 되어준 그대가 있어서.

한정오 〈라이브〉

스물아홉까지 달려오느라 너무 힘들었다. 더 이상 누구를 만나 조언을 듣거나 위로를 받는 것조차 귀찮게 느껴질 정도로 몸도 마음도 많이 지쳤다. 나이 든 어른들이 보시기에 스물아홉은 돌도 씹어 먹을 새파랗게 젊은 청년처럼 보일 테지만, 스물아홉 살에게는 지나온 삶이 충분히 길고 고되다. 사랑이든 우정이든 성공이든 실패든 삶의 희로애락에 관한 그 모든 것을 한 번쯤은 다 경험해본 나이니까. 고마해라. 많이 묵었다.

그래도 명색이 드라마 사전임을 자처하는 마당인데 힘들게 찾아온 독자를 빈손으로 돌려보낼 순 없지 않은가. 학교에 〈블랙독〉의 고하늘이 있다면, 경찰서에는 〈라이브〉의 한정오(정유미)가 있다. 6·25 전쟁보다 더 치열한 취업난 속에서 지방국립대 화학과를 나온 한정오는 과연 어떻게 미래를 개척해나갈 것인가. 〈라이브〉는 입사 지원한 수백 개의 회사에서 모조리 떨어지고, 인생의 끝자락을 부여잡는 마음으로 응시한 경찰공무원 시험에 합격하여 '민중의 지팡이'로 거듭나는 스물아홉 살 한정오의 이야기를 매우 사실적으로 그려낸다. 그런데 그 문제적 사실감 때문에 〈라이브〉도 〈블랙독〉처럼 몰입해서 시청하다가 피로감을 느낄 사람들이 분명 있을 것이다. 한정오가 경찰이 되기 전에 250여 통의 이력서를 쓰고 70여 번의 면접을 봤다는 것만으로도 이미 충분히 지치는데, 그녀가 근무하는 지구대에는 왜 이렇게 사건, 사고가 많은지.

또 다른 스물아홉 인생을 다룬 〈쌈, 마이웨이〉도 로맨스 드라마치고는 너무나 남루한 인물 설정으로 나의 어깨를 힘없이 축 처지게 만든다. 꿈은 뉴스 앵커지만 현실은 백화점 인포 데스크 직원인 스물아홉 살의 최애라(김지원). 아아, 그녀들의 스물아홉은 왜 이렇게 지나치게 사실적이고 현실적이고 짠 내가 폴폴 나는 걸까. 단체로 아홉수에 단단히 걸린 느낌이다.

3
해를 품은 달

"잊어달라 하였느냐. 잊어주길 바라느냐.

미안하구나.

잊으려 하였으나

너를 잊지 못하였다."

진수완

멜로가 체질

20세기에서 21세기로 넘어갈 때, 그러니까 1999년에서 2000년도로 바뀔 때 온갖 소문이 난무했다. 노스트라다무스의 예언이니 밀레니엄 버그니 뭐니, 뭐니…. 세기말의 암울한 기운이 팽배했는데 모두 알고 있는 것처럼 그날, 아무 일도 일어나지 않았다. 지구가 멸망하지도 않았고 세상의 모든 컴퓨터에 오류가 발생하지도 않았다. 난리 친 것이 무색할 정도였다.

서른 살도 마찬가지다. 서른 살이 뭐라도 되는 양 다들 호들갑을 떨지만, 사실 서른 살이 된다고 해서 달라지는 것은 아무것도 없다. 그냥 앞 숫자가 2에서 3으로 변했을 뿐. 그냥 좀 김광석의 〈서른 즈음에〉를 들으면 가슴 한구석이 살짝 시큰거릴 뿐. 그냥 좀. 좀. 좀.

서른 살 여자

〈이번 생은 처음이라〉의 '우수지'는 잘 다니던 직장을 때려치우고 속옷 브랜드를 창업하고, 〈천일의 약속〉의 '이서연'은 화려한 직장인으로 살다가 갑자기 알츠하이머를 앓고, 〈더블유〉의 '오연주'는 평범한 의사였는데 어느 날 웹툰 속 남자 주인공과 사랑에 빠지고 〈멜로가 체질〉의 '임진주'는 드라마 보조작가에서 초특급 흥행 작품의 메인 작가로 거듭나고….

서른 살을 주인공으로 내세운 드라마는 생각보다 많다. 그리고 그들은 하나같이 극적인 변화를 맞이한다. 장담하건대 이건 드라마라서 그런 거다. 나의 서른 살은 너무나 고요했다.

얼마나 지루할 정도로 평화로웠냐면 갑자기 일 년 동안 국제구호단체의 봉사단으로 현지 파견을 나가겠다는 '서른 살' 대학원생 딸의 무모한 계획을 듣고서도 그녀의 엄마는 "이제까지 아무 일이 없었는데 일 년 동안 뭐 별게 있겠니, 가거라" 하고 흔쾌히 허락해주실 정도였다. 격려와 힐책 사이에 자리한 한숨 같은 승인이랄까. 그나마 파견이라도 나갔다면 인생의 작은 변화를 맞이했을지 모르지만, 나는 여차여차하여 한국에 남아 석사학위 논문을 쓰게 되었다. 그렇게 나의 서른 살은 쥐도 새도 모르게 조용히 지나갔다.

그럼에도 스물아홉과 서른 살의 차이를 굳이 '발견'해보자면, 서른이 되고 나서 왠지 모르게 진짜 어른이 되어야 할 것 같은 압박감이 느껴졌다는 점이다. 뭔가 스물아홉과는 다른, 조금 더 성숙해야 할 것 같은 의무감이랄까, 책임감이랄까. 〈사이코지만 괜찮아〉를 보다가 고문영의 나이를 찾아보게 된 것도 그 때문이었다. 저 여자는 분명 서른 살일 거야. 그렇게 나 혼자 예상하고 확신하다가 정말 서른 살인 걸 확인하고는 나도 모르게 고개를 크게 끄덕였다.

그럼 그렇지. 서른 살이지. 그래야지.

서른 살이어서 괜찮아

〈사이코지만 괜찮아〉는 '성장하는 어른이'가 세 명이나 등장하는 일종의 성장 드라마다. 한류 스타 김수현과 미친 연기력 오정세, 그리고 이 드라마로 일약 스타덤에 오른 배우 서예지가 그 주인공인데, 극 중 비중으로 보자면 단연 서예지가 연기한 동화작가 '고문영'이 탑오브탑이다.

우선 동화작가란 직업 자체가 주는 여운이 압도적이다. 그녀가 쓴 동화가 극 중 자주 인용되면서 스토리 전개에 지대한 영향을 주는데, 그래서 드라마가 아니라 한 편의 장편 동화를 읽는 듯한 느낌을 주는데, 매회 볼 때마다 오늘은 적어도 한 뼘 정도는 성장해야지, 하고 마음을 다잡게 된다. 드라마 후기가 아니라 혼자 읽고 쓰는 나만의 성장 일기인 셈이다.

고문영 작가가 쓴 동화 중에서 나는 〈봄날의 개〉가 가장 인상적이었다. 그 책에는 "나는 너무 오래 묶여 있어서 목줄 끊는 법을 잊어버렸어"란 구절이 나온다. 이 구절은 고문영의 비극적 가정사를 배제하더라도 불특정 다수의 '서른 살'

들 가슴에 비수처럼 꽂힌다. 할 수 있는 것보다 할 수 없는 것을 더 잘 아는 나이, 하고 싶은 것보다 해야 하는 것에 더 집중하는 나이, 그게 바로 서른이니까. 나의 서른 살이 고요했던 이유는 그놈의 목줄 때문이었다. 살던 대로 그대로 살았던 지난날의 내가 나의 발목을 잡고 있었다. 고요가 아닌 고인 물.

만약 과거로 돌아가 봉사단 파견을 포기했던 서른 살의 나에게 한마디 할 수 있다면 앞으로 무엇을 계획하든 두려워하지 말라고 말해주고 싶다. 설사 나의 선택으로 인해 인생이 조금 찌그러지고 주변 지인들이 내게 실망하게 될지라도 괜찮다고, 진짜 괜찮다고. 아홉은 완전수라고 했다. 스물아홉을 지나 맞이한 새로운 삼십 대의 삶. 30, 다시 제로. 나는 아직 늦지 않았다고. 다시 시작하면 된다고. 서른 살이니까.

고문영처럼 긴 머리를 싹둑 자를 용기는 없지만, 서른 살의 나에게는 스물여섯 살 회사를 때려치우고 신을 찾아 신학대학교에 들어갈 정도의 순진함이 장착되어 있고, 스물여덟 살의 나이에 작가가 되겠다고 문예창작학과에 진학할 정도의 무모함이 탑재되어 있었단 사실도 꼭 되새겨주고 싶다. 나는 내가 생각하는 것보다 훨씬 더 생동감 있는 삶을 살 자격이 있다고 말이다.

서른 살 체질

오랜만에 대학 동기와 통화를 하는데, 〈멜로가 체질〉의 '이은정'(전여빈)을 볼 때마다 내 생각이 난다고 했다. 나와 닮았다며. 어떤 점이 닮았느냐고 물었더니 그 드라마를 보면 내가 저절로 알 거라고 했다. 그래서 보기 시작했는데, 끝까지 다 보고 나서도 왜 내가 그 사람과 닮았는지 짐작이 잘 안 되었다. 드라마를 본 지인들에게 물어봐도 다들 고개를 갸우뚱했다. 도대체 뭘까.

찰진 욕을 구사하는 탁월한 말빨의 소유자, 이은정. "그래, 나 미친년이다. 이 개새끼야." 나는 예의 바르게 돌려 까기는 잘해도 직설적으로 대놓고 욕은 못 하는데…. 죽은 연인을 향한 그리움으로 자살 시도까지 하는 순애보, 이은정. "나는 아직 그가 필요하고 그가 보고 싶고." 나는 헤어진 남자친구의 이름도 잘 기억 못 하는 인간 지우개인데…. 힘들어도 아무렇지 않은 척 꿋꿋한 척 혼자 끙끙 앓다가 이 년 만에 용기를 내 친구들에게 도움의 손길을 내미는 차도녀, 이은정. "나 힘들어. 안아줘. 너희한테 한 말이야." 나는 마음이 힘든 걸 절대 숨기지 못하고 유치하게 꼭 티를 내는데….

도대체 무엇일까. 내가 알고 있는 '나'와 다른 사람이 보는 '나'는 다른 걸까. 아니면 나의 서른 살을 기억하는 그 친구만의 무언가가 있는 걸까. 나만 모르는, 혹은 내가 잊고 있는 '나'가 있는 건 아닐까. 왜 하필 멜로 드라마에서 혼자 진지하게 다큐 찍는 서른 살 여자에게서 나의 모습을 발견한 건지는 잘 모르겠지만, 아무튼 나는 내 질문에 절대 답하지 않겠다는 친구의 숨은 의도를 파악하려고 더 이상 시간을 낭비하지 않기로 했다. 대신 나는 '과거의 나'가 아닌 '미래의 나'에게서 실마리를 찾기로 결심했다.

이은정은 친일파 후손들이 어떻게 살고 있는가를 취재한 다큐멘터리를 제작하고, 그 영화가 대박이 나서 억만장자가 된다. 성공의 기쁨도 잠시. 연인이 병으로 죽은 뒤 그녀는 인생의 재미와 의미를 잃고 무기력에 빠진다. 넓은 집에서 뒹굴뒹굴 죽은 연인의 환시와 대화하는 것이 하루 일과의 전부인 나날들이 이어지던 어느 날.

"근데 나 생각이 너무 뭉툭해졌어. 이 뱃살처럼."

"난 너 멋있는데."

"뭐가?"

"시행하는 거에 주저함이 없고 착오에 대해 책임감이 있고 다시 진지하게 고민하고. 그기 힘든 거야."

(…)

"그런 의미에서 나 기부할래. 나는 돈이 너무 많아. 스스로를 게으르게 만들고 있어."

"그건 좀 단순한 계산 같은데?"

"의미 있게 비우는 게 나를 위한 투자 같아."

"그래, 난 널 뭐든 존중하지만… 반발 세력이 만만치 않을 거야."

"그래서 상의하지 않으려고."

극 중 이은정은 보육원에 전 재산을 기부하고 새로운 삶을 계획한다. 죽은 연인의 환시와도 아름답게 이별하고 새

로 제작할 다큐멘터리를 위해 동유럽으로 떠날 준비를 마친다. 미련도 슬픔도 아픔도 다 털어버리고 모두 비워버린 그녀의 미래는 어떤 모습일까.

처음 이메일 아이디를 여행이란 뜻의 독일어 reise로 정했을 때의 마음을 나는 기억한다. 세상의 것에 집착하지 않고 마치 여행 온 것처럼 가볍게 살다가 우아하게 떠나리라 다짐했었다. 그런데 살다 보니 가진 게 점점 늘어나고 그걸 포기하는 게 생각보다 어려웠다. 가진 게 많을수록 욕심이 없어지는 게 아니라 가진 것을 지키고 싶었고 더 많이 갖고 싶어졌다.

드라마에서 이은정이 전 재산을 기부하겠다고 했을 때 가장 먼저 든 생각은 바로 이것이었다. 어쩌면 모든 것을 내려놓는 과정에서 가장 강력한 '반발 세력'은 나 자신인지도 모른다고. 친구도 아니고 부모님도 아니고. 과거의 나 자신이 나를 붙들어매는 목줄인 셈이다.

부와 명예 그리고 세상 모든 것에 대한 집착으로부터 나 자신을 내려놓을 줄 아는 성숙한 어른의 모습. 미래의 '나'가 서른 살 이은정과 닮았으면 참 좋겠다. 물론 그 공통점에는

"당신의 눈에 뭐가 보이든 당신의 눈동자에 건배"를 외치며 버는 족족 기부하는 또 한 명의 '또라이' CF 감독 '상수'(손석구), 향후 이은정과 로맨스 관계로 발전할 그 남자, 그러니까 나와 함께 품위 있는 여행을 떠날 삶의 동반자도 포함되어 있길 간절히 바란다. "모로코에서 만납시다."

아, 다시 심장이 뛴다. 서른 살이 내 체질이로구나.

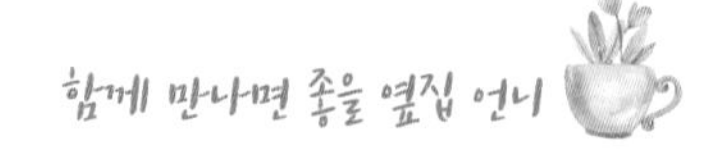

홍난희 〈9회말 2아웃〉

9회말 2아웃. 제목 그대로 청춘이 얼마 남지 않은 서른 살의 이야기를 다룬 드라마다. 지금 내 눈에 서른 살은 청춘의 한가운데 있는 것처럼 보이지만 이십 대의 '나'는 서른이 되면 세상이 망하는 줄 알았다. 서른 살이 되고도 살아남은 사람이 과연 있을까, 하는 망상에 시달렸다.

몇 년 전 강의를 하다가 '서른 살'에 관해 잠깐 이야기해보는 시간을 가졌었다. 비유와 상징에 대해 말하던 중이었는데…. 나는 왜 그런 쓸데없는 짓을 했을까. 나는 무방비상태로 스무 살 대학 새내기가 서른 살은 '유통기한 지난 우유'라고 자신의 견해를 패기 넘치게 밝히는 '사건'을 목격하고야 말았다. 음 음, 서른 살이 유통기한 지난 우유면 나는 지금 고린내 나는 치즈인가, 하고 농담을 던졌던 기억이 난다.

〈9회말 2아웃〉을 보다 보면 대학 동기들이 서른 살이 되면 꺼내보자고 각자 자기한테 편지를 썼던 것을 다시 보는 장면이 나온다. "여기 적힌 소망대로 살고 있는 우리가 있긴 있을까?" 그런데 편지를 읽고 그들 중 누구도 서로에게 연락하지 않는다. 극 중 내레이션을 그대로 옮기자면, "스무 살의 어느 날 가볍게 끄적여본 그 편지는 지금의 우리에게 너무나 순진한 어투로 모든 것이 잘되어가고 있냐고 묻고 있었"기 때문이다.

주인공 홍난희(수애)는 출판사에 다니며 소설가를 꿈꾸지만 공모전에 번번이 떨어진다. 아무것도 이루지 못한 채 맞이한 서른 살. 신춘문예에 당선은 하지 못하고 통장 잔고는 바닥. 정말 '홍난희'라고 쓰고 '김민정'이라고 읽고 싶은 심정이다. 대학원 선배들은 내가 문학을 늦게 시작했으니 여유롭게 하라고 격려했지만 여유를 즐기기에는 내 나이 서른이었다. 대학 동기들이 대리나 과장 직함을 달 때였다. 처음으로 신춘문예에 투고한 소설이 최종심에 오르는 쾌거를 이루어냈지만, 그때의 기쁨은 달랑 하루 분량이었다. 최종심은 최종심일 뿐, 등단이 아니니까.

배우 수애는 드라마가 방영되고 십 년 후에 한 인터뷰에서 〈9회말 2아웃〉이 자신의 인생작이라고 말했다. "제가 당시 서른을 앞두고 만난 작품이다. 서른을 두려워하며 만난 작품인데 신기한 사실은 서른을 훌쩍 넘긴 지금 그 작품을 봐도 그 감정이 고스란히 느껴진다는 것이다." 정말 그 말에 적극적으로 동의한다. 대중가요에 김광석의 〈서른 즈음에〉가 있다면 드라마에는 〈9회말 2아웃〉이 있다고 자랑할 수 있을 정도로 서른 살 관련 어록들이 넘쳐난다. 2007년도 작품인데 이 정도의 실감이라니. 정말 경이롭다.

이제 슬슬 서른 살을 보내줘야 할 때다. 이별 인사는 드라마의 명대사로 훈훈하게.
"하루하루 아깝던 그 청춘이 막을 내리고 청춘이 남긴 상처가 아물 때쯤 우리는 아마도 이 사회의 단단한 어른이 되어 있을 것이다."

달콤한 나의 도시

재야의 고수처럼 인터넷에 떠도는 글 중에서 촌철살인이라 불리는 명언들이 꽤 있다. "첫 만남으로 끝나는 건 외모가 안 되는 거고, 단기 연애로 끝나는 건 매력이 없는 거고, 장기 연애인데 결혼까지 안 되는 건 조건이 안 좋은 거다." 아, 구구절절 옳은 말씀이라 달리 덧붙일 말이 없다. 남녀 관계에 관한 모든 진리를 하나의 문장으로 축약해놓았다.

도대체 사랑은 뭘까. 연애란 무엇이고 결혼이란 건 또 무엇일까. 우리는 살면서 적게는 한두 명, 많게는 수십 명의 정인(情人)을 만난다. 하지만 어떤 사람이 내 인생의 공동 주연인지, 어떤 사람이 조연이나 엑스트라로 끝날지는 나중에 두고 봐야 알 수 있다. 마지막 회에서 그동안 뿌려놓았던 떡밥을 모조리 회수하는 정교한 플롯의 드라마를 볼 때마다 나는 설렘과 두려움을 동시에 느낀다. 아, 끝날 때까지 끝난 게 아니다.

모르는 맛

인생을 살아가면서 우리는 수많은 갈림길에 선다. 십 대에 어떤 대학에 진학하고, 이십 대에 어떤 직업을 선택하고, 삼십 대에 어떤 사람과 결혼을 하느냐에 따라 우리의 인생은 전혀 다른 얼굴을 갖게 된다. 아니나 다를까, 서른한 살 여자를 주인공 삼은 드라마가 참 많은데, 그녀들은 두 개의 선택지, 그러니까 두 남자 사이에서 치열하게 고민한다. 이를테면, 조건과 사랑의 무한경쟁이랄까. 뫼비우스의 띠처럼 영원히 끝나지 않는 전쟁이 서른한 살의 이름으로 맹렬하게 벌어진다.

〈달콤한 나의 도시〉는 '서른한 살' 은수(최강희)가 열정적인 연하남 태오(지현우)와 안정적인 능력남 영수(이선균) 사이에서 고민하고 갈등하는 이야기를 그린 로맨스 드라마다. 두 남자는 상반된 캐릭터로 나오는데 태오가 술자리에서 우연히 만나 원나잇 섹스를 할 정도로 강렬한 매력의 연하남이라면, 호텔에서 맞선으로 만난 영수는 차분하고 단정한 연상의 CEO다.

초반에는 강력한 페로몬의 태오가 은수의 사랑을 독차지한다. 하지만 시간이 지나면서 은수는 태오가 속한 가난한 현실이 불편해진다. 커피숍에서 음료 한 잔 마음대로 주문하기 버거워 자기 몫의 음료는 안 시키고 그냥 나가자는 태오에게 버럭 소리를 지르는 은수. "그냥 좀 마셔." 그렇게 태오를 향한 은수의 마음은 조금씩 흔들리고, 그 틈을 타 중후하고 안정된 영수가 그녀의 삶에 깊이 파고든다. 비 오는 날, 쓸쓸히 막노동하는 태오의 모습과 영수와 은수가 다정하게 데이트하는 장면이 교차 편집되며 펼쳐지는데….

결국 은수는 "자기, 나중에 나중에 너무 힘든 일이 있으

면 전화해도 돼요?"라고 애절하게 이별 인사를 건네는 태오를 떠나보내고 김영수와 결혼하기로 마음을 굳힌다. 안정적인 미래를 위해 사랑보다는 신뢰를 선택한 은수. 하지만 믿음만큼 믿을 수 없는 게 세상에 또 있을까. 결혼을 앞두고 영수는 갑자기 은수와 연락을 끊고 잠적해버린다. 정신없이 영수의 흔적을 찾아 나선 은수는 무서운 진실과 마주한다. 김영수는 김영수가 아니다. 그동안 그가 가짜 신분으로 살아왔던 걸 알게 된 은수는 엄마를 붙잡고 대성통곡한다. "엄마, 나 어떡해."

자의 반 타의 반 싱글로 오랜 세월 살아오면서 결혼 상대자 '선정'에 대한 무수히 많은 조언을 주변 사람들에게서 들었다. 그중 내게 강한 인상을 남긴 말이 하나 있다. "사랑은 변하지만 조건은 변하지 않는다. 그러므로 조건 좋은 남자를 만나라." 이 말을 한 사람이 한 번의 이혼을 경험한 중년 시인이었기에 왠지 모르게 더 신뢰가 갔는데…. 김영수는 김영수가 아니다. 아, 영원한 건 영원히 없고 절대적인 건 절대 없구나. 조건도 사랑도 아니라면 도대체 뭘 봐야 한단 말인가. 아, 정말 모르겠다.

아는 맛

'모르는 맛'에 호되게 당했다면 이번에는 '아는 맛'이다.

〈식샤를 합시다〉 시즌 2의 '서른한 살' 백수지(서현진)는 어느 날 운명처럼 엄친아 완벽남 이상우(권율)를 만나 그와의 사랑을 꿈꾼다. 잘생긴 외모와 부유한 집안, 화려한 스펙을 자랑하는 5급 공무원인 그는 모든 면이 믿을 수 없을 정도로 완벽하다. 프리랜서 작가로 활동하는 그녀는 그와의 결혼을 통해 자신의 삶이 구원받을 수 있을 걸로 생각한다. 그래서 상우 앞에서는 평소와 다르게 말하고 행동하며 그에게 잘 보이도록 노력한다. 하지만 그토록 원했던 5급 공무원 완벽남과 연인 사이가 되고 나서야 그녀는 자기 마음이 향하는 곳이 어디인지를 깨닫는다. 늘 티격태격하던 남사친 구대영(윤두준).

수지와 초등학교 동창인 구대영은 그녀가 사는 낡은 빌라에 거주하는 보험회사 직원이다. 처음에 수지는 대영과 상우가 서로 아는 사이라는 걸 알고 대영에게 상우와 잘될 수 있도록 도와달라고 부탁한다. 하지만 점점 대영과 함께 지내면서 그를 향한 마음이 깊어진다. 맛집 블로거를 운영하는 미식가 대영과 맛있는 음식을 함께 먹으러 다니며 그녀는 티키타카 남사친과의 편안한 사랑에 자기도 모르게 빠져든다.

평소 꿈꿔왔던 이상형과 편안한 남사친 사이에서 갈등하던 수지는 결국 상우에게 이별을 고한다. "저는 구질구질한 제 삶을 결혼을 통해 바꿔보려다 결국 가랑이가 찢어진 거예요. 상우 씨한테 어울리는 여자가 되려고 무리하고 자격지심 생기고 그래서 다시 무리하고 그러다 보니 더 초라해졌어요. 그게 너무 힘들었어요." 그렇게 그녀는 소소한 일상과 작은 행복의 소중함을 깨닫고 자신이 제일 잘 아는 평범한 일상의 맛을 선택한다.

그런데 놀랍게도 수지의 '아는 맛' 역시 썩 좋은 결말을 맞이하진 못한다. 시즌 2에서 시즌 3으로 넘어가면서 수지는 이승에서 저승으로 활동무대를 옮긴다. 이게 무슨 말인가 싶을 텐데, 시즌 3 첫 회에서 수지는 대영과 통화하며 운전하다가 교통사고로 죽는다. 서울로 이사 간 대영과 장거리 연애를 하는 바람에 이런 사달이 난 것인데…. 그냥 세종

시에서 상우랑 결혼해서 살면 최소한 목숨은 잃지 않았을지도 모르는데…. 아, 정말 모르겠다. 또 모르겠어.

달콤씁싸름한 맛

이 맛도 저 맛도 아니라면 그냥 되는대로 내가 좋아하는 맛만 골라 먹는 수밖에. 끝날 때까지 끝난 게 아니다. 드라마에서 좋아하는 '부위'만 딱 잘라서 편식해보자.

〈식샤를 합시다〉에서 수지의 선택은 상우 대신 대영, 조건 대신 사랑, 화려함 대신 평범한 일상을 상징하는 듯 보인다. 왠지 상우는 언제 어디서나 늘 강하고 빈틈없는 사람, 누군가의 사랑이나 도움 없이도 홀로 완벽할 것 같은 사람으로 그려지는데, 실상은 그 반대다. 대영은 맛집 블로거를 운영하며 자기만의 행복한 '부캐'가 있다. 그래서 그의 삶은 화려하진 않지만 풍요롭다. 자기 만족도가 높은 삶이다. 반면에 상우는 취미도 취향도 없이 무미건조하게 산다. 남들 눈에는 고급 아파트에서 화려한 삶을 사는 듯 보이지만 퇴근하고 혼자 텅 빈 집에 돌아와 TV 소리로 집 안의 적막함을 지우는 게 그의 루틴이다.

그래서 하는 말인데, 비록 상우가 수지의 선택을 받진 못했지만 그의 사랑을 서브남의 짝사랑으로 흘려보내기에는 내 마음이 너무 아프다. 극 중 상우가 수지의 마음을 돌리려고 애쓰며 눈물이 그렁그렁한 채 붙잡는 장면이 나온다. "가지 마. 뭐 어떻게 하면 되는데? 어떻게 하면 나 안 떠날 건데? 내가 대영이 새끼보다 못한 게 뭐야? 응? 약속했잖아. 사귀면서 나한테 잘해준다고. 근데 왜 이렇게 내 맘 아프게 하는 건데…. 왜…." 나를 향한 애절한 사랑 고백은 아니지만 마음속에 소중히 저장해두고 싶다. 아, 이렇게 서브남에게 마음을 주면 모든 드라마가 새드엔딩으로 끝나는데…. 여기에 중독되면 헤어나올 수 없는 늪에 빠지는데….

아, 짝사랑의 달콤쌉싸름한 맛이여

〈질투의 화신〉의 '서른한 살' 계약직 기상캐스터 표나리(공효진)는 두 남자로부터 전폭적인 사랑을 받는다. 그중 고정원(고경표)은 의류회사 재벌 3세로 훈훈한 외모와 훈훈한 성격, 그리고 훈훈한 재력을 모두 갖춘 완벽남으로 등장해 적극적인 애정 공세를 펼친다. 하지만 표나리는 오랫동안 마음에 품어왔던 방송국 기자 이화신(조정석)을 최종적으로 선택한다. 표나리에게 "쉬운 여자"라며 "너 나 좋아하지, 아직도? 나 너 같은 애 안 좋아해. 싫어한다"라고 독설을 퍼붓던 자기밖에 모르는 이기적인 나쁜 남자인데 말이다. '멍청한' 표나리 대신 내가 나서서 고정원의 절절한 사랑 고백을 이 책에 고이 담아두는 수밖에 없겠다.

"대표님, 나 왜 좋아해요? 내가 너무 달리는 거 같은데, 이상해."

"자, 우리 소주 같이 원샷 했겠다 각자 달리는 거 대차대조 손익 계산 좀 해보자. 누가 달리는지는 계산해보기 전에 모르는 거야. 나 먼저."

"네?"

"나는 표나리 씨보다 시간이 없어. 회사가 내 시간을 너무 뺏어가."

"그런 걸 내가 왜 해요. 따져야 뭐, 내 초라함만 커지지."

(…)

"넌 화신이 같은 직장 상사도 있고. 나는 기댈 수 있는 윗사람이 아무도 없어. 내 위에 아무도 없어. 이게 진짜 안 좋아. 내가 책임을 다 져야 하니까."

"아이 고만하시라니까요."

"표나리 씨가 날 알아?"

"뭐 해보나 마나 아니에요?"

"봐, 지금도 나는 거지잖아. 애정을 구걸하고 있잖아."

아, 애정을 구걸하는 이 가련한 남자를 어찌할꼬. 조건이고 현실이고 사랑이고 우정이고 난 뭐가 뭔지 도무지 모르겠다. 그냥 마음 가는 대로 내 마음을 보내는 수밖에.

옜다, 받아라. 말미잘.

민사린 〈며느라기〉 & 오현진 〈산후조리원〉

어렵게 고르고 골라 한 남자와 결혼했는데 만약 미래가 우리의 노력이나 의지와는 상관없이 이미 정해져 있다면? 옛날 옛적부터 언니들이 그랬는데…. 그놈이 그놈이라고.

드라마 〈며느라기〉는 현실과의 싱크로율이 백 퍼센트에 육박한다는 네티즌 평가를 굳이 곁들이지 않아도 보는 내내 계속 입맛이 쓰다. 아 놔. 결혼 후 여자에게 닥쳐올 가혹한 현실이 눈앞에 생생하게 펼쳐진다.

남친이 보온병에 챙겨온 미역국을 먹던 연애 시절의 추억은 이미 빛이 바랜 지 오래고, 현실은 1박 2일 시댁에 머물며 아침 일찍 일어나 시어머니 생신상을 차리고 출근하는 극한 노동의 쳇바퀴. 여기에 얄미운 시누이의 얌체 짓까지 더하면 불쾌지수가 한없이 치솟는데…. 시어머니가 황태 미역국을 좋아하신다고 해서 힘들게 준비했더니 알고 보니 회식에서 술 마시고 온 시누이가 자기 해장하려고 거짓말한 것이었을 줄이야.

드라마를 보며 아무려면 내 남편, 내 시어머니, 내 시누이는 그럴 리 없다고 현실 부정하는 사람이 있을 텐데…. 아무리 천상계의 시월드를 만난다 할지라도 기혼 여성에게는 절대 빠져나갈 수 없는 개미지옥이 있었으니 바로 아이를 임신하고 출산하고 육아하는 '산후세계'다. 드라마 〈산후조리원〉은 출산 과정 5단계를 통해 죽음보다 더 고통스러운 삶이 기다린다는 '산후세계'를 아주 실감 나게 보여준다. 참고로 나는 1단계 '굴욕기'에서 이미 멘붕이 심하게 왔다. 주인공 현진(엄지원)은 출산하기 전 남편이 있는 병실에서 관장당하는 치욕을 경험하는데, 그녀의 의지와 상관없이 똥과 방귀가 터져나온다. 아, 상상만으로도 너무나 수치스럽고 너무나 두렵다. 아무래도 2단계부터는 나의 '순결한' 독자 여러분들이 직접 드라마에서 확인하는 것이 좋겠다. 백문이불여일견(百聞而不如一見). 아무리 여러 번 들어도 실제로 한 번 보는 것보다는 못하니까.
음 음, 난 이만 여기서 퇴장.

연애의 발견

어떤 남자 좋아하세요?

소개팅이나 맞선에 나갔을 때 자주 받는 질문이다. 그런데 매번 난감하다. 아는 사람은 다 안다는 이 질문의 함정을 나도 알고 있다. 믿음직한 남자가 좋다고 하면 배신당한 경험이 있는 여자가 되고, 성격 좋은 남자가 좋다고 하면 나쁜 남자한테 된통 당한 여자로 보이는 그 은밀한 함정 말이다. 어떤 답변을 하든 이전의 연애 경험이 짙게 묻어난다.

이 질문을 받으면 예의상 나는 그대로 돌려준다. 어떤

여자 좋아하세요? 그러고는 남자의 답변을 토대로 수십 편의 〈사랑과 전쟁〉 에피소드를 혼자 만들어낸다. 내가 작가라는 걸 간과한 그의 잘못이다. 이제까지 내가 들은 최악의 답변은 '인내심 좋은 여자'였다. 화 잘 안 내고 잘 참는 여자가 좋다는 남자의 말을 듣는 순간, 나는 자리를 박차고 나오고 싶어졌다. 그는 여자의 인내심을 고갈시키는 특수한 재능이 있는 남자임이 분명했다. 나를 만나기 전 그가 어떤 연애를 해왔는지 굳이 듣지 않아도 짐작이 갔다.

연애의 오답노트

〈연애의 발견〉의 한여름(정유미)은 가구공방을 운영하는 서른두 살의 싱글 여성이다. 그녀는 성형외과 의사와 결혼을 전제로 연애 중인데, '곰'과 같은 순진한 외모와 달리 매우 '여우'다. 연락 두절에 외박까지 하고서는 되레 남자친구에게 화를 내며 그의 애간장을 녹게 만든다. 그러고는 당당하게 자신의 두 뺨에 뽀뽀할 것을 요구하기까지 하는데…. 배우 정유미가 언제부터 저런 캐릭터였지, 하고 당황하던 찰나 그녀가 연기하는 한여름의 입에서 "오 년 전에는 남자를 다루는 법을 몰랐던 거죠. 남자를 몰랐던 거죠"라는 대사가 흘러나온다.

아, 잠시 잊고 있었다. 서른두 살. 평범한 한국 여성이라면 적어도 한두 번의 깊은 연애는 경험했을 나이. 극 중 한여름은 이십 대 초반에 오 년 동안 사귄 남자친구가 있고, 그 남자 덕분에 연애의 기술을 연마하고 곰에서 여우, 아니 여우 같은 인간으로 거듭난다. 그녀가 전 남친 강태하(에릭)에게 했던 대사 "내가 만만하지?"가 고스란히 현재 남자친구 남하진(성준)의 몫이 되는 건 당연하다. 성공하기 위해서는 1퍼센트의 재능과 99퍼센트의 노력이 필요하다고 했던가. 연애도 마찬가지다. 같은 실수를 반복하지 않겠다며 와신상담하는 서른두 살 여자를 누가 이기겠는가.

"혼자만 속 끓이고 혼자만 너 기다리고, 혼자만 너 쳐다보고 둘이 같이 있어도 너무너무 외롭고. 이런 게 연애니? 나 사랑한다면서 왜 이렇게 비참하게 만들어. 헤어져"라는 한여름의 이십 대 초반 연애 시절 대사에 감정이입되는 나 자신을 발견하고 움찔하는 것도 잠시, 남자친구의 집에서 마주친 어린 여자와의 삼자대면을 태연하게 이끌어가는 서른두 살 한여름의 농익은 연애 기술에 적극적으로 공감하게 된다. 그럼 그렇지. 연애 한두 번 하나.

〈연애의 발견〉은 누군가에게 말을 건네듯 등장인물이 카메라를 보고 이야기하는 장면이 중간중간 삽입되는데, 그 인터뷰에서 연애에 관한 명대사가 쏟아져나온다. “말을 안 해줘서 모르는 남자들은 말을 해줘도 몰라”와 같은 주옥같은 말씀. 음 음, 듣고 있니?

사랑의 권력 관계

지구상에 영원히 풀리지 않은 미스터리가 하나 있다. 사랑에 있어 강자는 누구이고 약자는 누구일까. 연애도 일종의 관계이기 때문에 당연히 권력 관계라는 게 생길 수밖에 없고 강자와 약자로 나뉠 수밖에 없다. 한여름의 말을 빌리자면 아무래도 더 많이 좋아하는 쪽이 약자다. 먼저 미안하다고 말하고 더 기다려주고 많이 참아주니까. 항상 그 사람 마음이 궁금하니까. 더 많이 받고 싶고 모든 기준이 그 사람이니까.

그런데 그녀와 사귀었던 강태하의 말은 또 다르다. 더 좋아하는 쪽이 강자다. 미련이 없으니까. 사랑을 받기만 했던 사람은 후회와 미련 때문에 평생 그 사람을 잊을 수가 없으니까. 그래서 강자는 좋아할 만큼 좋아해보고 해볼 만큼 다 해본 사람이다.

현장 경험이 많은 두 전문가의 팽팽한 논쟁에서 나는 과연 어느 편을 들 것인가. 훗날 이 글을 미래의 내 동반자가 읽을 거라는, 그래서 내가 어떤 의견을 내놓든 그것이 내가 지난날 해왔던 연애의 기록처럼 여겨질 거라는 공포와 두려움을 이겨내고 말하자면….

사랑하는 모든 사람이 약자다. 그곳에 강자는 없다. 사랑에 빠진 순간, 모두 흔들리니까. 지금까지 살아왔던 모든 신념과 가치가 사랑 앞에서는 무력해지니까 말이다. 사랑에 빠진 사람들이 보여주는 무모함과 유치함은 이성의 영역 밖에 존재한다.

사실 이것은 나의 '강태하'가 내게 한 말이다. 이걸 밝힐까 말까 '짧고 깊게' 고민하다가 지난 연애의 흔적을 이렇게 글로 남기기로 한 이유는 그 말이 이제는 내 생각이 되었기 때문이다. 그러니까 그건 그의 것이기도 하지만, 나의 것이기도 하다. 그렇다. 지금의 나를 만든 건 나와 함께 시간을 보낸 남자들이다. 그들이 없었다면 지금의 나도 없었다. 미래의 내 동반자가 사랑하게 될 현재의 나가 존재하지 않았을 거란 얘기다. 그러니 애써 숨길 필요는 없지 않을까.

음 음, 내가 호기롭게 이야기하긴 하는데, 아무래도 미래의 그 사람이 신경 쓰인다. 역시 사랑 앞에선 누구나 약자다. 조금 전 내가 쓴 문장을 살짝 수정해야겠다. '아' 다르고 '어' 다르다고 글 쓰는 직업을 가진 연인으로서 이 정도 배려는 그에게 해야 하지 않을까. 너를 만나기 전 나의 모든 하루는 오로지 너를 만나기 위해 존재했다고.

나는 말이지, 너의 진정한 가치를 알아보기 위해 다양한 유형의 남자를 만나 사람 보는 눈을 습득했고, 너와 품격 있는 대화를 나누기 위해 힘겨운 과정을 거쳐 박사학위를 땄고, 너와 함께 건강한 여생을 보내기 위해 수영과 필라테스를 눈이 오나 비가 오나 꾸준히 했고, 그리고 또….

누군지 모르지만, 내 맘 알지?

드라마를 보는 내내 강태하와 남하진 사이에서 나는 누구를 선택해야 할까 고민했다. 내가 한여름도 아닌데 왜 이렇게까지 신경을 써야 하나 자괴감이 들기도 했다. 하지만 모든 연습을 실전처럼 해봐야 실력이 느는 법이니까. 연애를 글로, 아니 드라마로 배웠어요.

두 사람의 장단점은 명확하다. 어느 한쪽을 택한다기보다는 선택하지 않은 다른 쪽을 포기하는 것이라는 생각이 들 정도다. 강태하가 여자의 순수했던 이십 대를 기억해주는 남자라면, 남하진은 여자의 서른두 살 현재를 사랑해주는 남자다. 강태하가 여자의 밑바닥까지 다 아는 남자라면, 남하진은 여자에게 자신의 모든 것을 다 보여주는 남자다.

마지막 회에서 한여름은 강태하 옆에 남는다. 하지만 나는 '로맨스 남주'인 강태하에게 마음을 온전히 주지 못했다. 강태하가 어떤 사람인지보다 그가 지난 과거의 사람이라는 것이 더 크게 와닿았기 때문이다. 자고로 옛 언니들 말씀이 남자는 고쳐 쓰는 게 아니라고. 나는 그 말에 동의한다. 다시 나타난 옛 애인에게 해줄 수 있는 말은 "무소식이 희소식"이라는 따듯한 거절뿐이다. (알겠지? 이 글 보고 나한테 연락하지 마.)

한여름은 "연애의 클라이맥스는 이미 우리에게 지나갔어요. 이제 이렇게 티격태격 말싸움이나 하면서 살겠죠. 이제 나는 그게 더 좋은 것 같아요"라고, 그래서 "현실에 발붙일 수 있는 그런 사랑"으로서 강태하를 선택한다고 말한다. 그런데 드라마가 16부작으로 끝나서 다행이지, 계속 이어졌다면 두 사람은 예전에 헤어졌던 그 이유로 다시 이별했을 가능성이 농후하다.

사랑은 변하지만 사람은 절대 변하지 않는다. 강태하가 애인 있는 한여름에게 "그 남자랑 헤어지고 나한테 오라면 올래? 다시 오면 절대로 울리지 않을게"라고 자신만만하게 대시할 수 있었던 것은 예나 지금이나 그가 한결같이 자기중심적인 사람이기 때문이다. 한여름과 사귀던 당시 그는 자기 일이 바빠서, 자기 취미생활에 몰입하느라 그녀를 혼자 외롭게 두곤 했다. 사랑에 빠지는 데 이유가 없다지만 이별하는 데에는 다 그만한 이유가 있다.

그러니까 한여름은 강태하와 남하진 사이에서 고민할

것이 아니라 그 둘 말고 다른 남자, 마지막 회에 잠깐 카메오로 출연했던 그 남자, 배우 유아인이 연기했던 그 훈훈한 남자, 목공을 배우겠다는 핑계로 한여름에게 다가왔던 그 남자와 새로운 인연을 만들어갔어야 했다. 그 남자가 내 인생의 남자 주인공일지, 잠깐 스치고 지나갈 카메오일지는 아무도 모르는 일이다. 그런데 그녀는 너무나 쉽게 새로운 인연을 거절해버렸다.

역시 사람은 변하지 않는다. 다시 한 번 '그때 그 사람' 강태하를 선택한 그녀는 여전히 곰이다. 여우의 가면을 쓴 곰. 백 일 동안 쑥과 마늘만 먹고 동굴에서 최강의 인내심을 보여준 웅녀 말이다. 왠지 그녀에게서 익숙한 향기가 난다 싶더니만.

오늘도 나는 이 지긋지긋한 뫼비우스의 띠에서 벗어나기 위해 연애의 오답노트를 작성한다. 매일 아침 떠오르는 해는 어제 내가 본 해가 아니라 오늘 새로 맞이한 해다. 암요, 암요. 난 그렇게 믿는다. 믿는 자에게 복이 있으리니, 아멘.

윤세리 〈사랑의 불시착〉

〈연애의 발견〉과 같은 현실적인 연애 이야기를 보다 보면 실제 연애할 때 적지 않은 도움을 받을 수 있다. 지난 연애가 왜 실패했는지에 대해 날카로운 깨달음을 얻을 수도 있고 앞으로 어떤 남자를 만나야 할지 하늘로부터 뜨거운 영감이 내려올 수도 있다. 하지만 무엇이든 너무 열심히 하다 보면 지치기 마련이다. 마음이 지치면 연애고 사랑이고 다 귀찮아진다. 그러니 종종 교과서를 덮고 기분 전환하러 여행 갈 것을 권장한다.

자, 멀고도 가까운 나라, 북한으로 가볼까요.

〈사랑의 불시착〉은 북한을 배경으로 한 로맨스 드라마다. 반복되는 일상에서 벗어나 삶의 청량감을 느끼는 데 북한만큼 이질적이고 매력적인 공간도 없다. 연애해볼 것 다 해본 서른두 살 윤세리일지라도 북한에서 북한 남자와 사랑에 빠질 줄은 상상이나 했겠는가. 삶과 죽음의 경계에서 생존을 논하는 사랑이라니. 원래 하지 말라고 하면 더 하고 싶은 게 사람 마음이다.

분단국가라는 비극적 상황 덕분에 윤세리(손예진)와 리정혁(현빈)은 운명적인 사랑을 향유하는 특권을 누린다. 만약 두 사람이 남이든 북이든 같은 공간에 살고 있었다면, 그래서 억지로 헤어질 상황 같은 게 없었다면 진작에 성격 차이로 헤어졌을 사이인데 말이다.

〈사랑의 불시착〉은 지나친 현실 연애로 마음이 너덜너덜해진 사람들이 보면 좋을 드라마다. 어떻게 저런 상황에서 사랑에 빠질 수 있느냐고, 어떻게 저런 상황에서 이별하지 않을 수 있느냐고, 이런 식의 의문은 잠시 넣어두고, 보여주는 대로 그저 즐기면 된다. 그러면 어느 순간 신세계가 열릴 것이다. 아, 현빈이 개연성이고 현빈이 사랑이로구나. 현빈, 아멘.

로맨스가 필요해 2012

나는 술을 안 좋아한다. 노래방도 안 좋아한다. 무엇보다 밤잠이 많아서 주로 낮에 친구들과 차를 마시며 이야기하고 논다. 친구들과 만나는 장소와 시간은 매번 다른데, 주제는 항상 같다. 남자. 그렇다. 남자 이야기가 절대 빠질 수 없다. 당시 사귀거나 관심 있는 남자 이야기로 시작해 늘 결말은 연예인 남자 이야기로 수렴된다.

정우성이 유엔난민기구 친선대사가 된 이후로 나의 원픽은 늘 정우성이다. 정우성 얼굴이 내 취향은 아니라고, 나는 그의 인성과 인품, 그리고 품성과 성정이 마음에 든 것뿐이라고, 그 정도는 돼야 내 남자가 될 자격이 있다고, '복사하고 붙여넣기' 하듯 나는 말하곤 한다. 진심이다.

나의 사랑을 지지해주는 이는 순수한 학창시절을 함께 보낸 고교 동창도 아니고 나를 창조한 조물주 부모님도 아니다. 스케이트 선수 차준환과 결혼 계획이 있는 아홉 살 조카다. 내가 정우성과 결혼해 자신에게 줄 사랑이 줄어들까 걱정하는 꼬마 숙녀라니, 너무나 사랑스럽지 않은가. 그렇다면 나의 정우성 얘기에 가장 발끈하는 사람은 누구일까. 내가 열아홉 살이던 시절부터 오랫동안 나를 옆에서 지켜본 조카의 엄마, 나의 (새)언니다. 너 언제 철들래. 역시 적은 내부에 있다.

서른셋 여자의 농익은 연애

〈로맨스가 필요해 2012〉는 처음 만난 남녀의 격렬한 키스신으로 시작한다. "우리 아직 서로 잘 모르잖아요." "지금부터 알아가면 돼요." 고작 일 년이 지났을 뿐인데, 정현정

작가가 만들고 배우 정유미가 연기한 로맨스 드라마의 여자 주인공은 확 달라졌다. 〈연애의 발견〉의 한여름과 〈로맨스가 필요해 2012〉의 주열매. 뜨거운 여름이 지나고 탐스러운 열매가 주렁주렁 달린 것일까. 서른세 살 여자의 농익은 연애란 이런 것일까. 음 음.

서른세 살 주열매는 맞선 자리에 나갔다가 크게 당황한다. 한 달간 사귀고 세 번이나 키스한 남자를 기억하지 못하다니. 그 일을 계기로 주열매와 고교 동창 친구 둘은 뜨거운 토론회를 연다. 서른세 살의 여자는 보통 몇 명의 남자와 키스를 할까. 도대체 몇 번이 적당한 횟수일까. 세 사람은 대충 열 명이라고 결론을 내리는가 싶더니만 그 숫자가 더 커질 수 있음을 열어놓는다. "마음껏 하고 살아."

극 중 그들의 대화는 일반적인 로맨스 드라마의 수위를 훌쩍 뛰어넘는다. '부끄러워하는 것이 부끄러운 나이' 서른세 살이니까. 앳된 부끄러움이 애교인 나이는 지난 것이다.

서른네 살 윤석현(이진욱)과 서른세 살 주열매, 둘은 십이 년 동안 다섯 번 사귀고 헤어지길 반복하다가 현재는 남매와 같은 관계로 한집에서 동거 중이다. 하지만 어느 순간 주열매는 윤석현의 행동 하나하나에 자극을 받고 그와 야하게 키스하는 꿈까지 꾼다. "그냥 꿈인데 그냥 클라이맥스까지 가지" 하고 아쉬워하는 주열매. 그런 그녀에게 친구 선재경(김지우)은 "나 오늘 몸이 좀 뻐근한데, 오늘 내 방에서 한 게임 할까?" 하고 전 남친에게 제안하라고 조언한다. "섹스는 그냥 섹스야. 캐치볼과 다름없다고. 육체를 갖고 하는 거지. 땀 흘리지. 샤워하고 나면 개운하지."

서른세 살 고교 동창생 주열매, 선재경, 우지희(강예솔), 그들의 개별적인 경험담에 근간을 둔 〈로맨스가 필요해〉의 귀납적 추론에 따르면 "여자의 욕망이 남자의 욕망보다 약하다는 건 거짓이다. 여자 역시 정신적 사랑 못지않게 육체적 사랑을 갈구한다." 거의 뭐 한국판 〈킨제이 보고서〉 수준이다. 근데 그건 그렇다 치고, 왠지 나만 쏙 빼놓고 다들 재미난 서른세 살을 보낸 것만 같아 약이 오른다. 내가 고이 잠든 밤에 도대체 무슨 일이 있었던 거지.

서른세 살 여자의 연애에서 키스와 섹스, 그리고 성감대와 오르가슴은 빼놓을 수 없는 '절대 반지'와 같다, 고 드라마를 보며 배우는 중이다. 나는 왜 이 드라마를 2012년에 안 보고 뒤늦게 '남은 숙제' 하듯 챙겨보고 있는 걸까. 제때 봤더라면 대한민국 사교계의 역사가 확 달라졌을지도 모르는데. 돌이킬 수 없는 과거에 대해 무슨 말인들 못 하리오.

주열매의 또 다른 친구 우지희. 조신한 현모양처를 꿈꾸는 그녀에게 남자친구는 섹스에 대한 불만을 필터 없이 마구 털어놓는다. "자기, 남자 경험 별로 없지?" "완전 나무토막이야. 돌덩이." 역시나 토론회가 열릴 타이밍이다. 이번에는 윤석현까지 합세해 오르가슴에 관해 깊은 대화를 나눈다. 남자친구와 첫날밤을 보냈지만 "재미가 하나도 없었어"라는 우지희. 그리고 이어지는 그녀의 고민 상담. "호준 씨가 못한다는 걸 알겠더라고. 다른 건 다 좋은데 어떻게 그게 안 맞니." 섹스에 만족하지 못한 두 남녀의 서로 다른 기억. 동상이몽이란 게 이럴 때 쓰라고 있는 사자성어였나.

속궁합에 대한 진지한 성찰은 자연스럽게 한때 연인이었던 주열매와 윤석현에게로 옮겨간다. “우린 그게 좀 맞았다. 난 저 손길이 얼마나 에로틱한지 안다. 클라이맥스가 참 좋았다.” 삼 년 전 헤어진 두 사람은 육체적으로 섹스만 하는 관계인데, 오래 사귀었기 때문에 상대방의 성적 취향을 잘 알아 더 즐겁게 섹스를 즐긴다. 게다가 둘은 이상적인 섹스 파트너십을 위해 계약 조건을 교환한다. 주열매는 윤석현에게 “개척정신을 발휘해서 날마다 신대륙을 찾을 것”을 요구하고 윤석현은 “그대야말로 서비스 정신을 가질 것. 받으려고만 하지 말 것”으로 응수한다. 미드에서나 볼 법한 대사인 줄 알았는데, 이게 벌써 2012년 작품이라니. 아, 뒤늦은 깨달음이여.

〈로맨스가 필요해 2012〉는 나와 같은 우매한 시청자를 위해 다시 한 번 토론회, 아니 부흥회를 개최한다. 몇 번 만나고 잠을 자야 할까. 한 번, 두 번, 세 번…. 근데 몇 번이고 뭐고 또 약이 오른다. 왠지 모르게 나 혼자 패배한 이 기분은 뭘까. ‘캐치볼 섹스론’을 설파하던 선재경은 다시 한 번 자기만의 섹스관을 널리 만방에 알린다. “남자들도 이십 대

때는 성에 대해서 잘 몰라. 같이 경험하면서 즐길 수 있는 수준까지 가는 거지. 근데 이미 즐거움을 아는 남자들이 그걸 어떻게 기다려주냐. 넌 더 빨리 깨달았어야 했어. 니 몸이 뭘 원하는지." 아, 역시 배움에는 끝이 없다.

서른세 살의 성숙한 사랑

윤석현과 헤어진 뒤 주열매는 신지훈(김지석)을 사랑하게 되고, 그와 결혼을 약속한다. 하지만 끝내 삶의 동반자로서 신지훈을 선택하진 않는다. 그 이유가 도대체 뭘까. 음악 취향은 맞지만 속궁합이 영 아니기 때문일까. 주열매를 만나 직접 물어볼 순 없지만 주열매가 했던 그 말 "우리가 원하는 건 오 선생이 아니라 그거, 사랑받고 있다고 느끼게 해주는 거"라는 걸 되새겨보면 그녀의 사랑은 '희극'이 아니라 '비극'에 맞닿아 있다는 걸 짐작할 수 있다. 서른세 살 여자가 사랑할 때 알아야 하는 것이 자신의 성감대만이 아니란 얘기다. 아, 첩첩산중일세.

신지훈에게 사랑이란 나무에 물을 주는 일이다. 어린 시절 보육원에서 자란 그는 가뭄이 들자 아끼던 나무가 죽을 것을 염려해 야밤에 혼자 힘겹게 물동이를 날라 나무에 뿌려준다. 그에게 사랑은 "늘 걱정되고 뭔가 해주고 싶고 해주고 나면 뿌듯한 것"이다. 신지훈과 사귀면서 주열매는 그에게서 누군가를 진정으로 사랑하는 법을 배우고 윤석현에게 다시 돌아간다. 이런 막장 전개가 어디 있냐고 분노할 수 있는데 여기에는 숨은 사연이 하나 있다.

윤석현이 그동안 주열매와 만나고 헤어지길 반복했던 이유는 유전병 때문이다. 오랜 기간 남몰래 감춰온 그 진실을 주열매는 알게 되고, 혼자 그 아픔을 견뎌왔을, 그리고 앞으로 감당해야 할 그의 곁에 남기로 한다. 그 병으로 아버지와 여동생을 잃고 애써 괜찮은 척 연기하는 그에게 그녀는 사랑을 고백한다. 희생이란 이름의 사랑을.

섹스란 모름지기 둘이 하나가 되는 경이로운 경험이다. 그런 기적과 같은 합일의 순간에 인간이 느낄 수 있는 감정이 단순히 쾌락 하나일 리 없다. 상대방이 느끼는 모든 희로애락이 그대로 전이되고, 그래서 자연스럽게 그것에 공감하게 되는 것. 함께 아파하고 함께 슬퍼하는 것. 자고로 최고의 사랑은 동정과 연민이라고 했다. 결국, 성(性)적인 감각이 가장 극대화되는 서른세 살에 비로소 인간은 가장 성(聖)스러운 존재로 거듭나는 것이 아닐까. 사랑, 섹스, 동정, 연민, 그 무엇이든 사람과 사람 사이의 교감이니까 말이다.

여담이지만, 같은 이유로 나는 신지훈에게 더 마음이 갔다. 아무리 봐도 그가 더 불쌍했다. 나무가 말라 죽을까봐 발을 동동거리며 무거운 물동이를 날랐을 어린 시절의 그가 너무나 가엾고, 나무 한 그루에 의지해 겨우 견뎠을 그의 외로운 유년 시절이 너무나 안타깝고, 자신을 보육원에 맡기고 재혼한 엄마의 집 앞을 서성이는 그의 뒷모습이 너무나 애틋했다. 그는 분명 웃고 있는데 그 웃음이 텅 빈 것 같아 내 마음이 점점 무거워졌다.

아, 세상에는 너무나 많은 로맨스가 필요하다.

지해수 〈괜찮아, 사랑이야〉

아프지 않은 사람은 세상에 없다. 마음이든 몸이든 어디 한 군데쯤은 다 고장이 나 있다. 괜찮은 척, 아무 일 없는 척, 상처받지 않은 척할 뿐. 모두 웃음 가면, 어른 가면을 쓰고 있다. 〈괜찮아, 사랑이야〉의 지해수(공효진)도 마찬가지다. 남들 눈에는 화려한 패션 감각을 뽐내는 삼십 대 초반의 젊은 정신과 의사지만 어머니의 외도를 목격한 후 남자와 스킨십을 하지 못하는 지독한 트라우마에 시달린다. 섹스는 나쁜 거라고, 그래서 가벼운 키스에도 심장이 뛰다 못해 숨이 가빠진다. 그 일로 그녀의 연인은 견디지 못하고 다른 여자와 바람을 피우는 만행을 저지르는데, 그때 혜성처럼 등장한 훤칠한 외모의 베스트셀러 추리 소설가 장재열(조인성). 그녀의 얘기를 듣고 그는 심드렁하게 말한다.

"그냥 하면 되지."

"그걸 그냥 가볍게 어떻게 하니?"

"왜 못해?"

지해수에게 갑자기 키스하는 장재열. 키스했는데도 불안하지 않다는 걸 깨달은 지해수는 묘한 감정에 휩싸이고 그렇게 두 사람의 로맨스는 시작된다. 아, 될 놈은 어떻게 해서든 되는구나, 하는 깨달음과 함께 지해수의 앞날에 로맨틱한 꽃길만 펼쳐질 것 같은데, 시련은 늘 복병처럼 숨어 있다. 극 초반 장재열의 이상 증세는 편집강박증후군 정도로 묘사되지만, 드라마가 진행되면서 정신분열로 밝혀진다. 뉴스에서 보던 그 무시무시한 조현병.

아버지에게 끔찍한 가정폭력을 당하는 유약한 엄마, 그런 엄마를 지키려다가 사고로 아버지를 칼로 찔러 죽인 어린 재열. 그런 동생의 죄를 뒤집어쓰고 교도소에 들어간 불쌍한 형…. 비극적인 가족사를 혼자 힘겹게 짊어진 장재열은 지해수와의 사랑으로 행복해질수록 죄책감에 휩싸여 환시 증세가 심해지고, 자해 증상까지 보이다 결국엔 교통사고까지 낸다. 사연 없는 무덤이 없고, 누구나 하나쯤은 가슴에 상처를 품고 산다지만 이렇게까지 삶이 인간에게 가혹할 수 있나 싶을 정도로 그의 슬픔은 비극적이고 그 아픔은 애절하다. 행복할수록 불행해지는 아이러니라니.
그럼에도 끝끝내 포기하지 않고 장재열을 따뜻하게 품는 지해수. 드라마는 정신분열을 앓는 다른 커플 에피소드를 통해 두 사람이 함께 걸어갈 길이 그리 순탄치만은 않을 거라는 걸 암시한다. 하지만 그녀는 그의 상처를 감싸 안고 함께 고난의 길을 걷는다. 산티아고 순례길이 따로 있나. 지해수가 걷는 그 길이 바로 영혼이 가난한 자를 품는 성직자의 길이다.

아마 다들 지해수의 사랑을 보면서 나와 비슷한 생각을 하지 않았을까 싶다. 나의 밝은 낮보다 어두운 밤을 사랑해줄 수 있는 사람을 만나고 싶다고, 그런 사람이 옆에 있다면 참 행복하겠다고. 그러다 문득 깨달았다. 받으려고만 하지 말 것. 아, 윤석현의 그 말! 이놈의 윤석현이 서른세 살 주열매, 아니 나의 발목을 잡았다.

그래, 서른 살도 아니고 서른두 살도 아니고 서른세 살이니까 성숙한 사랑을 할 준비를 해야겠지. 그런데 개미지옥과 같은 밤잠 유혹을 어떻게 이겨내지. 정신이 말짱해야 신대륙을 발견하든 순례길을 걷든 할 텐데. 아아, 나도 누군가의 밤을 따뜻하게 품어줄 수 있는, 지해수와 같은 여자가 되고 싶다규.

서른네 살
나은진

따뜻한 말 한마디

“신은 인간이 감당할 수 있는 고난만 주신답니다. 근데 신은 참… 인간을 과대평가한 것 같아요.” 드라마 〈스위트 홈〉에 나오는 대사다. 누군가의 밤을 따뜻하게 품어줄 수 있는 ‘지해수’와 같은 여자를 꿈꾸며 서른세 살을 힘겹게 통과해왔다고 생각했는데, 도대체 어디까지 참아야 하고 이해해야 하는 걸까. 오, 신이시여. 제발 저를 과소평가하시어 제게 연민과 동정을 베푸소서.

서른네 살을 앞두고 산전수전 다 겪었다고 생각하겠지

만 우리는 아직 갈 길이 멀다. 이십 대 연애할 때 제일 큰 고민이 사랑하는 사람과의 가슴 아픈 이별이라면, 삼십 대에 우리가 직면하게 될 최악의 위기는 배우자의 외도다. 막장 드라마에서 봤을 법한 일들이 현실에서, 그리고 나에게도 일어날 수 있다. 아, 그래서 그때 그 친구가 결혼하기 전에 〈사랑과 전쟁〉을 공부하듯 열심히 봤구나. "4주 후에 뵙겠습니다."

바람, 바람, 바람이 분다

미안하다. 우린 아직 서른세 살이다. 온전한 서른네 살이 되기 위해 배워야 할 게 하나 더 남았다. 〈따뜻한 말 한마디〉는 남편의 외도를 경험한 '서른세 살' 여자가 오 년 후 다른 남자와 외도를 하고 나서 벌어지는 일들을 현실적으로 그려낸 드라마다. 남편의 바람과 나의 바람에 대처하는 방법을 한꺼번에 배울 수 있는 최고의 불륜 소재 드라마랄까. 아, 칭찬인가, 욕인가.

은진(한혜진)은 대학 시절 성수(이상우)가 군대에 가면 얌전히 기다리고, 취업 준비하면 먼저 취업해서 열심히 뒷바라지하는 현모양처 스타일의 연애를 했다. 지고지순한 그녀의 사랑은 성수가 은행에 들어가 함께 가정을 꾸리면서 해피엔딩을 맞이할 줄 알았는데, 이게 웬걸. 모든 것이 안정 궤도에 오른 순간, 은진을 향한 성수의 마음이 흔들린다.

"낭만성을 잃어버리는 게 자연스러운 거야. 네 문제가 뭔지 알아? 결혼생활에서 사랑이니 낭만이니 그런 추상적인 걸 구체적으로 만지길 원한다는 거야." 결혼한 남자와 여자 사이에서 오고 갔을 법한 상투적인 대사가 흘러나오고, 그렇게 그들은 서로에게서 점점 멀어지다 급기야는 성수가 회사 여자 동료와 바람이 난다. 낭만 타령한다고 은진을 타박할 때는 언제고 새 사랑을 시작한 성수, 야, 이놈.

은진은 남편의 회사 동료를 만나 남편과의 부적절한 관계를 끝낼 걸 다짐받고자 하는데, 그 동료는 오히려 적반하장으로 은진의 잘못을 탓하며 헤어지라고 요구한다. 이에 격분한 은진은 여자와 머리끄덩이를 잡고 실랑이를 벌인다. 이때 갑자기 여자의 연락을 받고 나타난 성수. 그의 등장에 이성을 잃은 은진은 "그래서 나랑 이혼하고 재랑 살 거야?"라고 성수를 다그친다. 하지만 대답하길 망설이는 성수의 모습에 심한 충격을 받는다. "왜 대답 안 해? 지금 망설였어? 생각해야 해? 지금 난지 갠지 저울질하고 있어?"

자, 이 에피소드에서 우리는 어떤 교훈을 얻을 수 있을까. 결혼은 미친 짓이다? 아니다. 아무리 열불이 나도 상간녀를 직접 만나는 건 절대 바람직한 방법이 아니라는 것이다. 이겨도 상처뿐인 승리고, 패배하면 인간불신과 인간혐오에 몸서리치다 평생 화병에 시달릴 수 있다. 결국 문제는 그 여자가 아니라 바람 피운 내 남자다. 분노의 화살을 과녁에 정확하게 조준하는 침착한 태도가 필요하다. 근본적인 원인을 해결하지 않고서는 괜히 문제를 키워 마음고생, 몸고생만 하게 된다. 이게 무슨 개고생인가.

불륜 생존자들에 대하여

성수의 외도로 괴로운 시간을 보낸 은진은 오 년 후 업무차 만난 유부남 재학(지진희)과 부적절한 관계로 발전한다. 한때는 피해자였지만 지금은 가해자가 되어버린 서른세 살의 그녀. "한때는 사는 게 뭔지 조금은 알 것 같았는데…. 좀 더 살아보니 사는 게 뭔지 더 모르겠다."

〈따뜻한 말 한마디〉 1화는 은진이 재학에게 이별을 고하는 장면으로 시작한다. 여느 불륜 소재 드라마와는 상반된 스토리 전개다. 불륜의 끝에서 시작하는 이야기. 그 후의 이야기. 소재만 보면 남편과 아내의 쌍방 외도를 다룬 자극적인 설정의 막장 드라마 같지만 그 안을 가만히 들여다보면 배우자의 외도 그 이후에 남겨진 사람들, 불륜 생존자들의 이야기라는 것을 알 수 있다. 드라마는 매우 섬세하게 그들의 내면 갈등과 변화의 지점을 포착해낸다.

자살한 사람을 가족 혹은 지인으로 둔 자살 생존자들은 그들을 지키지 못했다는 생각에 괴로워하다 자살을 하는 경우가 많다고 한다. 불륜도 마찬가지다. 내가 배우자의 마음을 지키지 못해 그/그녀가 떠나갔다고 자책하다가 자존감이 바닥으로 치달으면서 사소한 말 한마디에도 쉽사리 무너져 내린다. "따뜻했어. 말 한마디를 해도 걸리게 하지 않았어. 부드러웠어. 윤정 아빠랑 사는 게 전쟁 같았다면 그 남자하고 있으면 평화로웠어. 기댈 수 있었어."

비극은 '고작' 말 한마디에서 시작된다. 누군가의 따뜻한 말 때문에 그녀는 남편에게 등을 돌리고 부부 관계는 파국으로 치닫는다. 불행히도 은진의 외도는 단순히 은진과 성수 두 사람만의 문제로 끝나지 않고 가족의 문제로 확대된다. 은진의 여동생이 결혼을 앞두고 가진 상견례 자리에서 재학네 부부와 마주하는데, 은진의 여동생이 결혼할 남자가 재학의 처남이었고 이로 인해 그 결혼 역시 파국을 맞이한다. 아, 얄궂은 운명의 장난이여. 이게 무슨 연쇄살인이란 말인가.

영원히 끝날 것 같지 않던 그들의 비극은 '따뜻한 말' 덕분에 훈훈한 결말을 맞이한다. "너 되게 힘들었겠다 싶어." 뭔가 허무한 것 같긴 하지만, 말 한마디로 비극이 온 것처럼 한마디 말로 비극이 끝나는 것이 어쩌면 가장 자연스러운 전개일지 모른다. 은진과 성수는 오히려 이혼을 결정하고 나서 서로의 상처를 들여다볼 여유를 갖게 되는데, 앞으로 살아갈 날들이 많은 '불륜 생존자'로서 서로의 마음을 이해하고 보듬는다.

'들키지도 않았는데'(?) 불륜 사실을 은진이 먼저 털어놓은 것에 대해 두 사람은 법적인 배우자가 아닌, 오랫동안 옆에서 지켜본 '삶의 동반자'로서 마음을 나눈다.

"인간은 이기적인 거 맞는 거 같아. 당신 위해서 덮으려는 마음보다 날 위해 까발리고 싶은 마음이 컸어. 계속 덮으면서 착한 척 위선으로 살다가 죽어버릴 것 같았어. 내가 생각하는 나랑 남이 생각하는 나랑 너무 차이가 커서. 당신이랑 살기 전에 나는 나랑 살아야 하잖아."

"잘했어."

"잘했어?"

"어, 친구로 잘했다고 해주고 싶어. 그러고 어떻게 살겠니. 그런데 남편으로선 몰랐으면 좋았다 싶어. 그러면서 너 되게 힘들었겠다 싶어."

불륜에 대처하는 슬기로운 결혼생활

〈따뜻한 말 한마디〉는 누가 바람을 피웠고 얼마나 고통을 주었고 얼마나 슬펐는지, 누군가의 잘잘못을 따지지 않는다. "미안해"라고 사과하는 성수에게 은진은 "아니야. 결혼이 한 사람 잘못만으로 엉망 됐겠어? 두 사람 다 잘못했겠지"라고 말한다. 서로의 삶을 이해하고 있는 그대로 받아들이는 일. 정말 이게 가능한가 싶긴 한데, 은진과 성수는 그 어려운 일을 해낸다. 뭐, 그래서 드라마 주인공이 된 것이겠지만. 음.

부부의 쌍방 불륜을 다룬 〈따뜻한 말 한마디〉는 불륜을 조장하는 듯한 무시무시한 막장 드라마의 얼굴을 가졌는데, 희한하게 드라마를 보고 나서 결혼하고 싶어졌다고 말하는 시청자들이 많았다. 극과 극은 통하는 것일까. 아니면 우리는 보고 싶은 것만 보는 놀라운 눈을 가진 것일까. 극 중 은진의 아버지가 그녀에게 해주는 말이 있는데 결혼에 대한 로맨틱한 환상을 가장 극대화하는 대사로 손꼽힌다.

"너 인생에서 제일 불행한 사람이 어떤 사람인지 아니? 넘어졌을 때 일으켜줄 사람이 아무도 없는 사람이야. 그래서 결혼하고 부부가 되는 거란다. 넘어졌을 때 일으켜줄 사람 만들라고." 이에 응답하듯 마지막 회에서 은진은 아버지

의 말을 떠올리며 "인생에서 가장 불행한 사람은 넘어졌을 때 일으켜줄 사람이 없는 사람이다. 내가 넘어졌을 때 이 남자가 내 손을 잡아줬다…. 우리는 부부다"라는 EBS 교육방송과 같은 독백으로 불륜으로 파생된 모든 비극에 종지부를 찍고 성수와 새로운 인생, 새로운 사랑을 시작한다.

"당신에 대한 사랑은 다 끝났다고 생각했어. 다 끝났다고 생각했는데, 이건 뭐니."

"그게 뭔데?"

"뭔가 치밀어 올라. 잿더미에서도 꽃이 필 수 있는 거니? 모르겠어."

"왜 몰라, 니 마음을?"

"사랑인 거 같아. 근데 옛날에 했던 사랑하고 좀 다른 사랑 같아."

"나도 그래."

김성수·유재학 <따뜻한 말 한마디>

배우자의 외도 사실을 알았을 때 사람들은 어떤 말을 가장 먼저 할까. 무엇이 제일 알고 싶고 무엇이 가장 심한 마음의 상처로 남을까. 성수는 은진의 불륜 고백을 듣고 절규하듯 묻는다. “잤냐?” 그게 뭐가 중요하냐고 되묻는 은진에게 그는 “안 잤으면 좋겠어. 그럼 덜 힘들 것 같아”라고 답한다.

불륜이란 무엇인가. 어디까지가 불륜이며 어디까지 우리는 이해하고 용서할 수 있을까. 우리의 ‘서른네 살’ 성수는 ‘불륜 사건’ 이후 은진과 또 한 번의 사랑을 시작한다. 이때 그는 또다시 ‘섹스’를 언급한다. “그놈하고 잤든 안 잤든 상관없어.” 허허, 도대체 섹스가 무엇이길래 이렇게 신경 쓰는 것일까. 안타깝게도 성수가 모르는 것이 있었으니 그건 바로 은진에게 중요한 것은 몸이 아니었단 사실이다.

은진이 재학과 섹스를 하지 않은 이유는 그를 덜 사랑해서가 아니다. 그를 온전히 사랑했기 때문이다. 은진의 외도 사실을 알게 된 은진 엄마는 딸을 호되게 비난하며 그 남자와 잤냐고 묻는다. 자지 않았다는 은진의 대답에 그녀는 "그러면 됐다"며 안도의 한숨을 쉬지만 정작 은진은 더 고통스럽다. "사랑했어. 마음을 다 줘버렸어. 자고 싶었는데 못 잤어. 자면 우리 사랑이 다른 바람피우는 사람들하고 똑같아지잖아. 그래서 못했어."
차라리 재학과 잔 것이 나았다. 서로의 육체를 탐하고 잠깐의 호기심으로 바람을 피운 것이라면 오히려 괜찮았다. 한 번의 실수라고, 한 번의 일탈이라고 치부해버리고 다시 시작하면 되니까. 그런데 이건 '찐'사랑이다. 재학과의 사랑이 불륜이란 오명을 쓰지 않도록 처절하게 노력하는 그녀의 몸부림은 그를 향한 진심에서 비롯된다. 성수는 재학을 향한 은진의 사랑을 이해할 수 있을까. 사랑하면 제일 먼저 섹스를 떠올리는 단순한 그의 머리에서 사랑의 심오함을 짐작이나 할 수 있을까.
불륜이란 무엇인가. 이 질문은 불륜에 대한 정의를 묻고 있는 것처럼 보이지만 사랑에 대한 근본적인 성찰을 요구한다는 점에서 매우 복잡미묘하다. 아, 도대체 사랑이란 무엇인가. 〈따뜻한 말 한마디〉는 이상적인 부부 관계를 위한 부부 지침서인 동시에 앞으로 사랑할 날이 많은 세상 모든 연인을 위한 사랑 지침서다. 사랑과 배신이 난무하는 격동의 서른네 살을 살아갈 그대들을 위해 준비했다. 내 안의 사랑이 어떤 색을 띠는지 스스로 체크해보길 바란다.

호텔 방에 은진과 재학이 있다. 재학은 창가에 서 있고 은진은 소파에 앉아 있다. 두 사람 사이에 고요한 침묵과 같은 대화가 오고 간다.

은진이 조심스럽게 입을 연다.

"이렇게 시작해서 다들 뻔한 관계가 되는 거구나. 미안해요. 마음이 모자라서가 아니라 마음이 너무 넘쳐서 안 되겠어요. (…) 처음엔 다 이렇겠죠. 다 우리처럼. 그러다 익숙해져가면서 퇴색해져가고 아무렇지도 않아지고 경계가 모호해지고 죄책감 없어지고 사랑한다면서 딴 사람이랑 살고. 함께 살지 못하는 사랑은 결국 불륜이고. 우린 결국 불륜이에요."

자, 문제. 은진의 대사 다음에 이어질 재학의 말은 무엇일까. 주관식이다.

힌트 : 재학이 은진에게 책 선물을 하면서 앞장에 직접 쓴 문구다. "사랑은 하나의 색깔을 내지 않습니다. 여러 빛깔, 여러 종류입니다. 부담 갖지 마세요. 육체를 포함하지 않고 사랑을 완성할 수 있습니다."

4

동백꽃 필 무렵

“날 걱정해주는 사람 하나가 내 세상을 바꿔요.”

임상춘

밥 잘 사주는 예쁜 누나

매년 어떤 일이 벌어질지 미리 알려줄 수 있다면 참 좋을 텐데, 하는 마음으로 이 책을 집필했다. 유비무환. 미리 준비하면 근심할 것이 없으니까. 그런데 '서른다섯 살'에서 분주하게 키보드를 치던 내 손가락이 멈춰 섰다. 서른다섯 살이 어떤 나이였더라. 그때를 회상해보면 머릿속이 복잡하다. 어제 나를 웃게 했던 사람이 얼마 지나지 않아 나를 가장 고통스럽게 만든 사람으로 둔갑했고, 오늘 나의 영혼을 갉아먹던 분노의 사건이 내일 내가 활짝 웃는 고마운 일이 되었다.

아, 이게 도대체 뭔가. 산은 산이고 물은 물 아닌가. 어떻게 지금의 행복이 미래의 비극이 될 수 있고, 오늘의 슬픔이 내일의 기쁨이 될 수 있단 말인가.

동문서답

드라마 〈최고의 이혼〉은 결혼과 이혼을 중심으로 두 부부의 복잡하게 얽힌 이야기를 독특하게 그려낸다. "전혀 상관없는 남녀가 만나고 서로 사랑에 빠져 결혼할 확률. 기적이라고도 하죠. 기적이죠. 스스로 그런 고문을 선택하다니." 사랑이 아름다운 구속이라면 결혼은 신성한 고문일까. 극중 서른다섯 살 강휘루는 이혼한 남편을 아직 사랑하느냐는 질문에 "사랑하는데 좋아하지는 않아"라고 답한다. 허허, 이것 참. 제목부터 뭔가 의미심장하다. 최고의 이혼이라니.

강휘루(배두나)와 조석무(차태현)는 부부로 함께 살다가 헤어진다. 하지만 이혼한 뒤에도 두 사람은 살던 집에서 그대로 함께 산다. 그러면서 각자 연애를 시작한다. 이게 무슨 말도 안 되는 얘긴가 싶은데 아주 자연스럽게 이야기가 흘러간다. 이상하다고 말하면 왠지 나만 촌스러운 사람이 될 것 같은 불안한 느낌. 하지만 조석무가 대학 시절 첫사랑과 모텔에 가고, 강휘루가 그 첫사랑의 남편과 키스하는 장면에서는 놀라움을 감출 수 없는 지경에 이른다. 이 산으로 가는 전개는 무엇인가.

그런데 저 말도 안 되는 스토리에 자꾸 기시감이 들었다. 아뿔싸, 엉망진창인 내 삶과 너무나도 닮았구나. 첫사랑과 모텔에 가거나 첫사랑의 아내와 키스를 한 건 아니었다. 하지만 나는 한 번도 상상해보지 않은 모습으로 살고 있었다. 서른다섯 살의 '나'가 서 있는 삶의 좌표는 나의 계획 밖에 존재했다. 정교한 플롯도 없고 개연성도 없고. 아, 이런 게 인생이로구나.

〈최고의 이혼〉은 일본에서 인기리에 방영되어 관심과 기대를 한 몸에 받고 한국에서 리메이크되었다. 하지만 시청률도 화제성도 다 별로였다. 이렇게 조용히 막을 내릴 줄 누가 상상이나 했겠는가. 하물며 주인공이 배두나랑 차태현인데. 아, 이런 게 바로 인생이로구나. 아아.

인생이 불확실성의 무한함수라 할지라도 미래를 향한 꿈과 희망이 없다면 삶이 죽음과 무엇이 다를까. 음 음. 갑자기 웬 고루한 훈화 말씀인가 싶겠지만 어쩔 수 없다. 우리는 지금 '혼돈의 카오스' 한가운데 서 있다. 호랑이한테 물려가도 정신만 바짝 차리면….

〈밥 잘 사주는 예쁜 누나〉의 서른다섯 살 윤진아(손예진)는 회사 안에서는 진상 성희롱 상사에게 괴롭힘을 당하고 회사 밖에서는 진상 양다리 남자친구에게 고통을 받는다. 예쁜 외모와 착한 성격은 장식으로 달고 다니나 싶을 정도로 우울한 삶을 사는데, 그 와중에 윤진아 본인은 참 열심히 산다. 그리고 얼마 지나지 않아 그동안 그녀를 힘들게 했던 그 모든 것들이 협력하여 '선(善)'을 이룸으로써 그녀를 한 남자와의 운명적 사랑으로 이끈다. 오, 신이시여.

윤진아는 능력도 좋은데, 왜 이직을 안 하고 저런 구질구질한 회사에 다니나 싶지만, 그것은 모두 전지전능한 신의 계획이었다. 윤진아와 사랑에 빠질 운명의 남자가 바로 그녀의 회사와 같은 건물에 있는 게임회사 아트디렉터다, 좁은 공간에서 훈남훈녀가 자꾸만 마주치는데, 둘 사이에 아무 일도 일어나지 않으면 그게 더 비정상 아닌가. 진상 회사의 진정한 직원 복지는 연애였구나. 두 사람의 '썸'은 출퇴근 길 우연한 만남을 통해 사랑으로 발전한다. 양다리 걸치다가 헤어진 윤진아의 전 남친이 회사 앞까지 찾아와 치근덕대고, 그 모습을 우연히 목격한 서준희(정해인)는 그녀에게 다가와 어깨를 감싸 안는다. "꺼져."

고진감래

어떤 이유에서든 남자친구와 헤어진다는 건 크나큰 상실감을 가져온다. 하지만 나쁜 놈과 헤어지고 좋은 남자를 만났으니 고생 끝에 낙이 온 것 아닌가. 극 중 연인 사이가 된 서준희와 윤진아는 함께 마실 차를 끓이다가 갑자기 찌릿 전기가 통한다. 남자는 여자를 번쩍 들어 올린다. 이에 응답하듯 여자는 그의 허리를 다리로 감싼다. 그 자세 그대로 키스하며 거실로 이동하는데….

아, 아. 이 감탄사는 감미로운 OST, 달콤한 키스 혹은 그 뒤에 펼쳐질 로맨틱한 사건 때문이 아니다. 솜털처럼 가뿐히 윤진아를 안고 가는 서른한 살 연하남 서준희의 건장한 몸 때문이다. 말라빠진 그 진상 전 남친이라면 절대 따라할 수 없는 저 격렬한 육체의 대화 좀 보소. 두껍아, 두껍아, 헌 집 줄게 새집 다오.

드라마가 다 끝나고 나서야 알게 되는 것이 하나 있다. 윤진아가 누나의 친한 친구이고 서준희가 오랜 친구의 남동생인 것은 나름의 합당한 이유가 있다. 그 관계 때문에 두 사람은 연애하는 데 여러 차례 고비를 맞이하지만 오래 알고 지낸 친분 덕분에 서준희는 "누나 밥 사줘"라고 스스럼없이 말할 수 있었고, 윤진아는 실연의 상처에도 불구하고 그에게 편하게 마음을 열 수 있었다. 그렇게 두 사람은 서로에게 사랑의 가능성을 열어둘 수 있었다.

전화위복으로 시작해 고진감래를 통과하여 사필귀정에 이르는 '서른다섯 살' 환상의 특급열차. 만나야 할 사람은 언제 어디서든 꼭 만나게 되어 있다. 아, 나도 '그 자세 그대로' 탑승하고 싶다. 아, 너는 내 운명, 아니 나는 네 운명.

이정인 〈봄밤〉

두 편의 드라마가 있다. 같은 감독, 같은 작가, 심지어 출연 배우도 많이 겹친다. 누구의 연인이 누구의 연인이고 누구의 아버지가 누구의 아버지다. 누구의 엄마는 누구의 시어머니고, 누구의 직장 동료는 누구의 여동생이다. 연속된 한 편의 드라마라는 이야기가 나올 정도로 두 드라마는 닮은꼴이다. 그리고 그 중심에는 서른다섯 살 여자가 있다. 윤진아와 이정인.
서른다섯 살 동갑내기지만 전혀 다른 삶을 살아가는 두 여자의 이야기. 〈밥 잘 사주는 예쁜 누나〉의 윤진아가 능력 좋은 연하남과 알콩달콩 사랑을 가꾸어나간다면, 〈봄밤〉의 이정인(한지민)은 불쌍한 미혼부 유지호(정해인)와 짠내 나는 사랑을 만들어간다. 한국 로맨스 드라마에서 남자주인공의 직업으로는 처음이지 않을까 싶은데, 유지호는 작은 동네 약국에서 근무하는 약사로 정인과는 약국에서 처음 만난다. 숙취 약을 사러 왔다가 지갑을 안 가져온 바람에 외상을 하게 된 정인과 전화번호를 교환하고, 그것이 인연이 되어 둘은 영업이 끝나 불 꺼진 약국에서 두 사람만의 시간을 갖는다. 손님용 간이 벤치에 나란히 앉아 그들은 처음으로 자기 얘기를 꺼낸다.

"나 결혼할 사람이 있어요."

"난 아이가 있어요."

각자 감당해야 할 장애물만으로도 충분히 버거운 두 사람. 얼마 지나지 않아 여자의 약혼자와 남자가 대학 선후배이면서 사회인 농구팀에서 함께 농구를 하는 친한 사이라는 게 밝혀진다. 굳이 이렇게까지 관계가 꼬이지 않아도 될 텐데. 아, 첩첩산중, 설상가상, 다사다난….
아무리 전화위복과 고진감래를 기도문처럼 중얼거려봐도 얽히고설킨 세 사람의 관계는 악연일 뿐이다. 그 어떤 의미도 없다. 하나님, 부처님, 저 멀리 계신 알라신을 애타게 불러봐도 공허한 메아리가 되어 돌아온다. 오, 마이 갓.
하지만 상황을 바꿀 수 없다면 내가 변하면 되는 거 아닌가. 지호와 함께 있는데, 약혼자 기석에게 전화가 걸려오고, 정인은 단호하게 말한다. "헤어져." 그렇게 시작된 고난의 행군을 힘겹게 버텨낸 정인은 지호에게 더 단호하게 말한다. "이번에는 건너오지 말아요. 내가 갈게." 건널목의 양 끝에 서 있던 둘은 뜨거운 포옹을 나누고 정인은 스스로 만들어낸 해피엔딩을 마음껏 누린다.
우리의 또 다른 '서른다섯 살' 〈봄밤〉의 이정인에게 어울릴 사자성어는 무엇일까. 하늘은 스스로 돕는 자를 돕는다. 바로 자천우지(自

天祐之)다. 생명력이 충만한 건 역시 사계절 중 봄이 최고다. 아자, 아자! 내 행복은 내가 직접 만든다. 민정인아, 이제 우리 꽃길만 걷자.

보좌관

남들은 초등학교 때 다 읽는다는 어린이용 위인전을 중학교에 들어가서야 읽었다. 책장에 다소곳이 꽂혀 있던 위인전을 꺼내 읽게 된 것은 순전히 나의 필요에 의해서였다. 나이가 한 살씩 늘어난다는 건 그만큼 인생의 변수가 많아진다는 의미였고, 선악으로 분류할 수 없는 복잡한 일이 점점 많아져서 도저히 내 안의 생각만으로는 해결할 수 없었다. 출발선에 혼자 덩그러니 남겨진 아이의 심정으로 나는 뒤늦게 위인전을 읽기 시작했다.

성인이 되어 사회생활을 본격적으로 시작하고 나서도 나의 문제해결 방식은 달라지지 않았다. 누군가 먼저 지나간 길이 나의 이정표가 되었다. 다만, 내가 참고하는 사람들이 책이 아닌 드라마에 살고 있다는 점이 달랐다. 그들은 선천적으로 뛰어나지도 않았고, 극단의 성실성을 보여주거나 결단력이 좋지도 않았지만, 난 오히려 그 점이 더 마음에 들었다.

가끔 그들이 진짜 현실에 살고 있다는 착각이 들기도 했다. 진짜 사람의 얼굴과 진짜 사람의 목소리를 가지고 내가 사는 세상 어딘가에서 그들도 나와 같은 하늘 아래 살고 있을 것만 같았다. 그렇게 내 곁에는 저마다의 방식으로 내 삶을 인도해주는 친근한 언니들이 하나둘씩 늘어갔다.

슬기로운 사회생활

〈보좌관〉은 마흔두 살 장태준의 치열한 여의도 생존기를 그린 정치 드라마다. 악의 중심이자 적폐세력의 수장으로서 송태섭 법무부장관이 기세등등하게 존재하는 가운데,

주인공 장태준(이정재) 의원은 수단과 방법을 가리지 않고 목표를 달성하는, 악을 악으로 물리치는 흑화된 캐릭터로 열일한다. "힘을 가지지 않으면 아무것도 바꿀 수 없을 테니까요." 그리고 그 대척점에 이성민(장진영) 의원이 있다. "정치는 사람을 위하는 일이야. 사람을 보고 가면 무슨 길이 있을 거야." 가진 것도, 가지고 싶은 것도 없는 정치인 이성민은 목적을 이루는 과정도 순정해야 한다고 믿는 이상주의자다.

현실주의자 장태준과 이상주의자 이성민 사이에서 '서른여섯 살' 강선영(신민아)은 균형을 잡아주는 무게추 역할을 담당한다. 그녀는 아나운서 출신 비례대표 초선의원으로 당대변인 자리에 오르는데, 화려한 경력에 배우 신민아가 덧입혀주는 화려한 외모까지 더하면…. 왠지 이 언니는 내가 따라하기 버거운 언니라는 생각이 들긴 하지만, 암튼 지금은 그녀도 나도 서른여섯 살.

우리의 '서른여섯 살' 강선영은 '가장 날 선 사람들의 세상'인 정치판에서 강인함과 유연함을 두루 갖춘 슬기로운 여성 정치인의 모습을 보여준다. 뭐랄까, 이상과 현실 사이에서 적절한 균형점을 찾아낸 느낌이랄까. 장태준과 이성민

의원은 같은 목표를 두고 다른 방법을 택한다. 송희섭과 장태준은 다른 목표를 두고 같은 방법을 택한다. 그런데 왜 꼭 이렇게 둘 중의 하나를 선택해야만 하는 걸까. 하나를 갖는다고 다른 하나를 왜 버려야만 하는 걸까.

음 음, 정치인의 보여주기식 후원으로 한껏 신경이 예민해진 미혼모와 그녀를 살펴보러 간 강선영 의원의 슬기로운 대화를 잠깐 엿들어보자.

"사진이나 찍고 가세요. 귀찮게 하지 말고. (…) 미안한 척 슬픈 척 그런 사진 찍으면서 우리 이용하러 온 거잖아요. 가식 떨면서."

"네, 저 수미 씨 이용하려고 온 거예요. 수미 씨 말처럼 여기에 온 거 여기저기 알릴 거예요. 그걸로 지원금도 유치할 거고요. 가식적으로 보일 수 있겠죠. 근데 제가 하는 일인데요. 저 욕해도 좋아요. 그러려고 이 자리에 있는 거니까."

"개 짜증 나."

"수미 씨도 저 이용하세요. 수미 씨가 하고 싶은 것들, 이루기 어려운 것들 저희가 도와드릴 수 있어요. 서로 돕는다고 생각할까요, 우리. 한가해서 온 거 아니고 진짜 도움이 되려고 여기 왔어요. 저는 개 진심이거든요."

강선영은 '위기의 승부사' 장태준처럼 강렬하지도 않고, '열정적인 휴머니스트' 이성민처럼 인상적이지도 않다. 하지만 서른여섯 살 강선영은 가장 현실적인 모습으로 자신의 목표를 향해 천천히 전진한다. 그 걸음이 다소 느리고 답답할지라도, 그래서 조금 덜 매력적일지라도 나는 그게 가장 슬기로운 삶의 방식이 아닐까 싶다. 단 한 번의 실수나 실패로도 크게 휘청거릴 수 있는 것이 우리의 인생이다. 그러니 화려한 '효과'보다는 슬기로운 '효율'에 방점을 두는 것이 현명하지 않을까. 비록 드라마에서 강렬한 인상을 남기는 캐릭터는 아니지만, 상황에 굴하지 않고 자신의 신념을 지키고 목표한 바를 이루기 위해 최선을 다하는 강선영의 모습이 내게는 너무나 매력적이었다. 매력이 뭐 별건가. 내 눈에 멋있으면 그만이지. 강선영 승.

늘어난 인생의 변수만큼 또 한 명의 언니를 준비했다. 취향에 맞게 잘 고르시길. 여기서 잠깐, 〈하이에나〉의 정금자(김혜수)는 극 중 나이가 특정되지 않는다. 삼십 대 중반 이후로 추정될 뿐이다. 하지만 삼십 대 중반의 시작인 '서른여섯' 살에 그녀를 미리 만나보는 것이 앞으로 살아갈 날들을 대비하는 데 좋은 경험이 되지 않을까 싶다. 한국 드라마에서 정금자보다 압도적인 존재감을 보여주는 여성 캐릭터는 드물다고 해도 과언이 아니다.

〈하이에나〉는 배우 김혜수와 주지훈의 투탑 드라마로 보이지만 실상은 검정고시 출신 가난한 여자 흙수저가 변호사가 되어 업계에서 살아남는 치열한 생존기를 그린 김혜수 원탑 드라마다. 이중삼중의 소수자성을 소유한 정금자는 약육강식의 세계에서 인간 하이에나가 되어 인정사정없이 자신의 먹잇감을 사냥한다. "하이에나 똥이 왜 하얀 줄 알아? 썩은 거든 산 거든 뼈째 씹어먹거든. 보여줄게. 내가 당신 엄마 어떻게 씹어먹는지." 오오, 배우 김혜수가 괜히 걸크러

시로 불리는 게 아니다. 강한 존재감으로 그녀는 드라마의 모든 등장인물을 무대 밖 엑스트라로 씹어먹어버린다. 심지어 배우 주지훈까지.

정금자와 김혜수는 드라마 방영 당시 영화 〈신과 함께〉와 드라마 〈킹덤〉으로 다시 한 번 전성기를 구가하던 배우 주지훈을 서브 조연으로 밀어버리는 신공을 발휘한다. 대형 로펌 소속 파트너 변호사 윤희재. 정금자에 의해 ‘서초동 도련님’이라고 불리는 그는 대법관 아버지와 판사 형을 둔 법조인 집안 출신으로 고상하고 우아한 엘리트로 등장해서는 매번 정금자의 먹잇감이 된다. 나중에 그녀의 헌신적인 조력자가 되면서 로맨틱 남주로 겨우 대접받긴 하지만 열렬한 짝사랑의 대가는 참담하다. “그냥 있어. 쓸데없는 기대는 하지 마.”

위풍당당 정금자의 무기는 과연 무엇일까. 역설적으로 그녀는 가진 것이 아무것도 없기에 누구보다 강하다. 가진 게 없어서 두려울 것이 없고 가진 게 없어서 더 많이 가질 수 있는 사람, 그게 바로 정금자다. 가진 것이 많은 사람은 오히려 몸을 사리기 마련이다. 하지만 더 이상 잃을 것이 없는 그녀는 무조건 직진이다. 앞길을 가로막는 것은 그것이 무엇이든 제거하면 그만이다. 한국 최고의 대형 로펌 대표 송필중도 예외는 아니다.

"한마디만 묻지. 도대체 왜 이렇게까지, 이렇게까지 해야 하지?" 송필중의 물음에 정금자는 눈 하나 깜짝이지 않고 대답한다. "잊었나 본데, 너는 날 죽이려고 했던 새끼야. 내가 넘어간다고 너까지 그걸 잊어버리면 안 되지. 날 건드리면 어떻게 되는지 보여주는 거야. 나, 정금자거든." 그렇다. 정금자, 그녀는 길들지 않은 맹수, 인간 하이에나다.

성공을 위해서 수단과 방법을 가리지 않는 그녀의 방식에 대해 동의하는 것은 아니다. 재판에서 이기기 위해 전략적으로 상대편 변호사에게 접근해 연인이 되어 정보를 몰래 빼내는, 성공을 위해 사람 마음을 이용하는 그녀의 영악한 방식을 본받아 그대로 따라할 생각도 없다. 솔직히 정금자도 내가 닮고 싶은 '나만의 언니'는 아니다. 내가 자라온 환경과 내가 살아온 경험을 미루어보아 내게는 야생의 생존본능이란 게 소멸한 지 오래다. 하지만 탐욕스러울 정도로 야

심만만한, 자기 욕망을 드러내는 데 위풍당당한 여성 캐릭터 하나쯤은 대한민국에 있어줘야 하지 않을까 싶다. 브라운관 안이나 밖이나. 그것도 단독 주인공으로.

직장동료가 아닌 여성으로만 자기를 대하려고 하는 남자들, 전문직 드라마인데 자꾸 로맨스 드라마로 장르를 변경하려고 드는 남자들의 집요한 대시를 당차게 거절하는 정금자를 보고 있노라면 답답하던 내 속이 다 시원해진다. 정금자에게 호감을 보이며 지속적인 썸을 갈구하던 케빈 정. 그는 이해관계가 엇갈려 적대적인 입장에 서게 되자 아련한 눈빛을 장착한 채 묻는다. "일로 만난 게 아니었다면, 우리 사이 좀 달라졌을까요?" 다른 드라마였다면 매우 로맨틱한 대사였을 텐데, '저세상 카리스마' 정금자 앞에서는 진부한 클리셰로 전락해버린다. "그나마 일로 만났으니까, 당신을 만나준 거예요."

그래, 연애 말고 성공. 일터에서 일 좀 하자. 여자도 성공 좀 하자. 좀.

서이수 〈신사의 품격〉

〈신사의 품격〉은 마흔한 살 꽃중년 남자 네 명이 각기 다른 여자 파트너와 함께 각양각색 로맨스를 펼치는 로맨틱 코미디 드라마다. 그리고 그 중심에는 배우 장동건이 연기하는 김도진과 그의 연인 서이수(김하늘)가 자리 잡고 있다. 김도진은 배우 장동건답게, 아니 로코의 남주답게 완벽한 외모와 완벽한 스펙을 가진 남자고, 그가 사랑하는 '서른여섯 살' 서이수는 뭔가 좀 어설퍼 보이는, 그래서 남자가 챙겨주고 싶고 돌봐주고 싶은 마음이 드는 여자로 그려진다.
아, 님은 갔습니다. 이미 이 언니도 내 언니가 아니고, 이 길은 내 길이 아닌 것 같다는 생각이 들긴 하지만…. 아무튼 청순한 외모와 어리바리한 성격에 그녀를 괴롭히는 못된 의붓오빠들까지 더해지면 서지수의 러블리함은 급상승하고 그녀를 향한 김도진의 보호본능은 절정에 다다른다. 신데렐라는 어려서 부모님을 잃고요~ 의붓오빠들에게 괴롭힘을 당했더래요~.
유산 상속을 두고 배다른 오빠들의 무례한 행동에 상처받는 서이수.

학교고 집이고 다 뒤집어놓겠다는 그들의 엄포에 오열하는 그녀 앞에 김도진은 백마 탄 왕자처럼 등장한다. 정확히는 백마가 아니라 세 명의 친구들과 함께다. 건축사무소 공동대표 임태산(김수로), 백만장자 부인을 둔 한량 이정록(이종혁), 그리고 법무법인 변호사 최윤(김민종).

"우리? (이 자리에 앉아 있던) 서이수의 오빠들."

"뭐?"

"이쪽은 남부러울 것 없이 욕 잘하는 오빠, 이쪽은 남부러울 것 없이 돈 많은 오빠, 이쪽은 우리가 그 어떤 유혈사태를 일으켜도 법적으로 해결해줄 오빠, 그리고 난 서이수를 사랑하는 오빠. 서이수 씨가 오빠들이 있단 얘기를 안 했나 보네요. 다치실까봐."

진즉에 눈치챘겠지만, 현실에서 이런 오빠들을 가까이 두기란 불가능하다. 서이수의 숨은 무기 '공격적인 엉덩이'를 갖기 위해 하루 수백 개의 스쿼트를 할 순 있겠지만, 그래서 나만의 김도진에게 사랑받기만을 오매불망 기다릴 순 있겠지만, 그럴 바에는 차라리 그 노력과 정성으로 외국계 회사로 이직을 하거나 살기 좋은 스웨덴에 이민을 가서 문제 상황을 직접 해결하는 게 낫다. 왜냐하면 김도진 캐릭터 그대로 나에게 온다 할지라도 그가 건네는 말들, "오늘보단 내일, 내일보단 모레, 더 행복할 거예요. 약속할게요." "걱정 안 하셔도 될 것 같아요. 사랑받는 여자로 살게 하겠습니다"를 무조건 믿고 따라가기에는 서른여섯 여자의 나잇살이 너무 무겁다. 괜히 옆구리에 살이

붙는 게 아니다. 그게 다 연륜이고 경험이다.
김도진에게 갑자기 열여덟 살 혼외자식이 등장해서 서이수를 정신적 혼란에 빠트리는 것은 그렇다 치더라도 배우 김하늘이 연기한 또 다른 서른여섯 살, 〈공항 가는 길〉의 최수아는 도대체 어떻게 할 것인가. 열렬한 구애에 감동해서 결혼한 남자는 가부장적인 남편으로 변해 나를 냉대하는 것도 부족해 나와 가장 친한 친구와 바람을 피우고 그리고 또…. 지금까지 살면서 본 드라마만 해도 36편, 아니 360편이 훌쩍 넘는다. 아, 낭만 그 쓸쓸함에 대하여.

디어 마이 프렌즈

꼭 '만'으로 나이를 계산하는 사람들이 있다. 한두 살 적다고 달라질 게 뭐가 있다고, 실제로 나이가 적어지는 것도 아닌데 꿋꿋하게 만 나이를 고집하는 것이다. 글로벌 나이라나 뭐라나. 이렇게 속내를 숨긴 변명을 내세우는데, 결국엔 한 살이라도 어려 보이겠단 흑심에서 비롯된 발버둥일 확률이 높다.

나는 만 나이가 싫다. 왠지 그냥 지는 기분이 든다. 있는 그대로의 나를 숨기는 느낌이랄까. 그럼에도 만 나이로 말하고 싶다는 충동을 강하게 느끼던 때가 있었다. 바로 서른 일곱 살이 되던 해다. 서른 중반에서 후반으로 넘어가는 나이, 서른보다 마흔에 가까운 나이, 그러니까 양쪽에 한 발씩 걸치고 있다가 어느 순간 이쪽에서 저쪽으로 훅하고 넘어가는 느낌이 들었던 그때 말이다. 님아, 그 강을 건너지 마오. 이제 정말 '나이 듦'을 준비해야 할 때가 오고야 만 것이다.

나이 듦에 대하여

〈디어 마이 프렌즈〉(이하 〈디마프〉)는 등장인물 대다수가 육십 대 이상인 매우 특이한 드라마다. 방영 당시에 노희경 작가가 아니라면 편성 받기 어려운 기획이라는 대중들의 반응이 많았다. 하지만 그런 칙칙한 드라마를 누가 보겠냐는 우려와 달리, 대중성과 작품성 모두 성공적인 평가를 받았다. 나 역시 나의 미래를 몰래 엿보는 심정으로 초집중해서 봤다.

과연 우리는 어떻게 늙어갈 것인가. 드라마는 '서른일곱 살' 박완(고현정)의 시선으로 엄마와 엄마 친구들의 이야기를 풀어간다. 치매를 앓고, 졸혼하고, 암으로 투병하고….

가장 내 눈에 띈 인물은 일흔두 살 '조희자'(김혜자)다. 등장인물 중 가장 평탄하게 생활한 그녀는 아무것도 할 줄 모르는 온실 속 사모님이다. 문제는 남편이 죽고 나서 발생한다. 장례식장에서 아들 셋과 며느리들이 모여 "아무것도 모르는 우리 어머니 혼자 어찌 사실까" 하고 그녀를 걱정하는데, 거기까지만 하면 딱 좋았을 것을 "어머니가 아버지보다 먼저 돌아가셔야 했는데"라며 해서는 안 될 말을 덧붙임으로써, 아니 그걸 그녀가 우연히 듣게 됨으로써 그녀의 힘겨운 홀로서기가 시작된다.

조희자는 십 년 넘게 부모님께 얹혀사는 나와 같은 '캥거루족'의 두려움을 가장 자극하는 캐릭터다. '1인 가구'라는 표현은 사치일 뿐이다. 미래의 독거노인, 그게 바로 나다. 아, 늙는 게 무섭다. 내가 아니라 나의 부모님이. 아무것도 모르는 나 혼자 어떻게 살지. 몇 년 전부터 싱글 지인들과 함께 '독거노인'의 실태와 대한민국의 사회복지 현황에 대해 자주 이야기한다. 집 계약하는 법부터 배워야 하나. 비상 연락망부터 구축해야 하나.

나의 최애는 '조희자'지만 〈디마프〉에서 가장 전형적인 노년층의 이야기를 품은 인물은 조희자의 절친 '문정아'(나문희)다. 그녀는 오십 년 함께 산 가부장적인 남편과 이혼을 선언하는데, 그 과정에서 우리네 어머니들이 겪었을 법한 가슴 아픈 사연들이 줄줄이 나열된다. 고된 노동으로 아이가 뱃속에서 죽었지만 다음 날 남편은 모질고 뻔뻔하게 밥하라고 채근하고, 시어머니는 수시로 그녀의 머리채를 잡고 흔들며 괴롭히고….

뒤늦게 문정아는 딸아이가 가부장적인 남편의 가정폭력에 오랫동안 고통스러워했다는 사실을 알게 되고 대물림의 역사를 끊기로 한다. 그러고 나서 "난 우리 엄마처럼 고생만 하다가 병원에 갇혀 죽기 싫어. 죽더라도 새처럼 훨훨 자유롭게 길에서 죽을 거야"라며 지금과는 다른 삶을 살고자 결심한다.

전혀 다른 삶을 산 것처럼 보이는 조희자와 문정아는 그동안 살아왔던 자신의 삶을 후회하고 이전과는 다른 삶의 방식을 선택했다는 점에서 매우 유사하다. 이제까지 고수하던 낡은 틀에서 벗어나 새로운 인생을 산다는 것은 드라마의 등장인물로서는 훈훈한 결말이다. 하지만 실제 인물로 보자면 고통스러운 자기갱신의 결과물이다. 그동안 믿고 의지했던 가치와 신념이 폐기되고 삶이 송두리째 뒤흔들리면서 낯선 세계 한가운데 내동댕이쳐진 것 같은 두려움에 시달렸을 것이다. 그럼에도 그들은 후회했고, 그 후회만큼 용기를 내서 새롭게 도전했다.

영화 〈델마와 루이스〉처럼 거침없는 두 사람의 행보를 지켜보고 있으면 건강검진 결과에 잠시 우쭐했던 나 자신이 창피하게 느껴진다. 늙는 건 육체만이 아니다. 마음도 늙을 수 있다. 아니, 몸보다 먼저 마음이 늙어버릴 수도 있다. 변화를 두려워하고 도전을 무서워하는 것, 그것이 바로 나이가 들어간다는 증거고 늙었다는 신호다. 아, 난 이미 늙었구나.

서른일곱 살 박완의 입을 빌려 나의 반성문을 작성하자면, "나는 얼마나 어리석은가. 왜 나는 지금껏 그들이 끝없이 죽음을 향해 발걸음을 내디딘다고 생각했을까. 그들은 다만 자신들이 지난날 삶을 열심히 살아왔던 것처럼 어차피 처음에 왔던 그곳으로 돌아갈 수밖에 없는 거라면 그 길도 초라하게 가지 않기 위해 지금 이 순간을 치열하고 당당하게 살아가고 있는데."

친애하는 늙은 친구들

노년의 삶을 통해 노희경 작가가 전달하고자 하는 메시지는 무엇이었을까. 드라마 명대사처럼 '인생은 누구한테나 만만치가 않다'일까. 메시지가 무엇이든 간에 사실 나는 그들의 삶을 옆에서 지켜보고 기록하는 이가 왜 하필 '서른일곱 살 작가'인지 궁금했다. 왠지 나 들으라고 하는 소리 같아서, 원.

극 중 박완은 슬로베니아에서 동거하던 남자가 있고 그와 결혼을 약속하였으나 프러포즈 당일 불의의 사고로 하반신 마비가 된 그를 혼자 남겨두고 귀국한다. 아픈 엄마를 간호해야 한다는 이유를 댔지만 모든 것이 일상으로 돌아온 뒤에도 그에게 돌아가지 않는다. 대신 그녀는 엄마에게 모든 원망을 쏟아낸다. 그를 버린 것은 자신의 이기심이 아닌 아픈 엄마 때문이라고.

그러던 어느 날 간암 말기 판정 소식에 강한 줄만 알았던 엄마가 "너무 무섭고 억울하고 너무 살고 싶고 그래"라며 오열하는 모습을 목격한다. 그 일로 그녀는 엄마 뒤에 숨어 있던, 비열하고 비겁한 자신의 민낯을 확인한다. 엄마를 원망하지만 엄마에게 의지하고, 그를 사랑하지만 그의 장애는 품을 수 없는, 그런 소심한 사람이 바로 박완 자신이었다.

딸의 내적 갈등을 눈치챈 엄마는 딸에게 아픈 엄마가 아닌 사랑하는 남자 곁에 머물 것을 당부한다. 장애인 남동생을 둔 엄마는 장애인의 삶이 고되다는 걸 너무 잘 알기 때문에 그동안 딸의 결혼을 반대했었다. 하지만 딸의 연인 '서연하'(조인성)가 불편한 몸을 이끌고 한국까지 찾아왔었다는 사실을 전해 듣고 평생 자신을 옥죄어왔던 굴레를 스스로 벗어던진다. 어제는 이미 지나갔고 우리에게는 새로운 내일이 기다린다. 그렇게 그녀는 '인생을 두려워하지 않는 법'을 딸에게 몸소 보여준다.

"연하가 잠자리에선 잘하냐? 많이 안아줘?"라고 묻는 예순셋의 장난희. 나는 그녀에게서 시선을 뗄 수 없었다. 남편에게 제대로 된 사랑 한 번 받아본 적 없는 여자, 그녀가 진심으로 딸의 행복을 빌고 있었다. 엄마 역을 맡은 배우 고두심의 주름진 얼굴이 딸 박완을 연기한 배우 고현정의 백옥 피부보다 아름다워 보였다는 건 두말하면 잔소리다. 인생의 고비마다 내가 위태롭게 휘청거릴 때 '인생 뭐 있니? 너 좋으면 그만이지'라고 시크하게 조언해주던 나의 엄마 박윤숙 여사가 나보다 근력이 좋은 데에는 다 이유가 있었다. 세월이 만들어낸 마음의 근육은 쉬이 얻을 수 있는 성질의 것이 아니었다. '친애하는 늙은 친구들'에게 또 한 수 배웠다.

뭐, 그렇다고 주눅들 필요는 없다. 젊지도 않고 늙지도 않은 애매한 나이 서른일곱 살이긴 하지만 그래도 세상은 꽤 살 만하다. "누군가 그랬다. 우리는 살면서 세상에 잘한 일보단 잘못한 일이 훨씬 더 많다고. 그러니 우리의 삶은 언제나 남는 장사이며 넘치는 축복이라고. 그러니 지나고 후회 말고 살아 있는 지금 이 순간을 감사하라고." 땡큐. 아리가토. 쎄쎄. 그라시아스.

강단이 〈로맨스는 별책부록〉

남은 생을 열심히 살아가는 '친애하는 늙은 친구들'을 바라보며 박완은 "우리 모두 시한부다. 지금 이 순간이 우리에겐 가장 젊은 한때다"라는 깨달음에 도달한다. 만 나이를 고집하던 '서른일곱 살' 언니들이 단체로 부흥회라도 연 것일까. 이 책을 준비하면서 유독 서른일곱 살 여자들이 연하남과 연애를 많이 한다는 것을 발견했다.
서른일곱 살의 대표 작품으로 선정된 드라마답게 〈디마프〉는 연하남의 이름을 '서연하'라고 짓는 센스를 발휘한다. 허허. 대놓고 다섯 살 어린 '연하'와 연애 중인 우리 박완 언니. 누가 이 언니에게 돌을 던지랴. 인생에서 가장 젊은 시절을 사랑 없이 보낼 수는 없지 않은가. 영화 〈죽어도 좋아〉의 서른일곱 살 버전이랄까.

연애에도 스타일이란 게 있듯 연하남과의 사랑에도 여러 유형이 존재한다. 하나는 연하남을 돌보는 기쁨, 다른 하나는 연하남에게 돌봄을 받는 행복. 연하남 키우는 재미로 서른일곱 살의 남은 생을 충만하게 보내고 싶다면 〈검색어를 입력하세요 WWW〉를 추천한다. 무명 신인 배우의 든든한 후원자가 되어 위기에 빠진 연하남 구해주는 맛을 쏠쏠히 느낄 수 있다. 단, 한 가지 단점이 있다. 차현처럼 능력이 뛰어나지 않다면 드라마를 보다가 심각한 무력감에 빠질 수 있다. 아, 능력이 있어야 연애도 하는구나, 하고.

여러 가지 상황을 고려한 나의 추천은 〈로맨스는 별책부록〉이다. '강단이'(이나영)는 한때 카피라이터로 이름을 날릴 정도로 유능했으나 결혼 후 직장을 그만두었다가 이혼과 함께 칠 년 만에 출판사 잡무를 담당하는 계약직 사원으로 돌아온 '아이 있는' 경단녀다. 우여곡절 끝에 그녀는 능력을 인정받아 출판사 마케팅팀 정직원으로 특별 채용되고 그렇게 드라마는 훈훈하게 끝난다. 그런데 재취업보다 더 큰 성과가 있으니 그건 바로 두 명 연하남의 헌신적 사랑이다.

연하남 1은 그녀가 첫사랑인 32세 차은호(이종석)다. 그는 이력이 매우 화려한데, 출판사 최연소 편집장이자 베스트셀러 작가이고, 그리고 문학 팟캐스트를 진행하는 셀럽이면서 문예창작과 겸임교수다. 연하남 2는 훈훈한 외모와 훈훈한 성격, 그리고 훈훈한 나이가 매혹적인 29세의 프리랜서 북디자이너 지서준(위하준)이다. 허허. 어느 쪽을 택할 것인가. 엄마와 아빠, 짬뽕과 짜장, 산과 바다 그리고 차은호와 지서준, 아, 역사에 길이 남을 난제로세.

서른여덟 살

고혜란

미스티

모 회사의 마케팅부서에서 일하던 신입사원 시절, 나의 사수는 일 잘하기로 소문난, 그리고 그 명성만큼 엄격한 과장님이었다. 나는 팀장님보다 사수를 대할 때 훨씬 긴장했는데, 그건 마음 한구석에 그녀를 존경하는 마음이 있기 때문이었다. 그런데 육아휴직을 마치고 복직한 그녀는 한순간에 '일 잘하는 과장'에서 '아기 낳은 여자'로 회사 내 포지셔닝이 바뀌어버렸다. 업무 파악도 안 된 복귀 첫날부터 팀장에게 "예전 같지 않네"라는 말을 수시로 들었고, 산후 후유

증으로 두통이 심했지만 주변 눈치 때문에 맘 편히 쉬지도 못했다.

나는, 그렇게 살고 싶지 않았다. 하지만 그녀와 다른 삶이 도대체 무엇인지, 그건 어떻게 살아야 하는 건지 도무지 알 수가 없었다. 직장 내 다른 여자 선배들의 삶도 그녀와 별반 다르지 않았다. 아무도 가지 않은 길을 혼자 걷고 있는 것처럼 막막했다. 그렇게 한참을 방황한 끝에 나는 나의 그녀, 고혜란을 만났다. 심장이 두근거렸다. 왜 이제야 나타난 거야, 언니….

욕망과 성공

홀어머니 밑에서 가난하게 자란 방송국 기자 고혜란(김남주)은 집안 좋은 법조인 남자와 결혼해 고급 저택에서 럭셔리하게 산다. 이것만 봐서는 신데렐라 이야기의 무한 반복처럼 여겨질 수 있다. 하지만 신데렐라의 착한 심성을 보고 반한 왕자와 달리, 강태욱(지진희)은 성공을 향한 그녀의 강렬한 욕망, 그리고 그걸 드러내는 데 거리낌이 없는 당당한 태도에 매혹을 느낀다.

"넌 어디까지 올라가고 싶은데?"

"내가 올라갈 수 있는 데까지."

"거기가 어딘데?"

"모르지. 나도 아직 올라가보지 못했으니까."

핑퐁처럼 오가던 그들의 대화는 강태욱의 기습 사랑 고백으로 마무리된다. "사랑해."

하고 싶은 것도 많고 할 것도 많아서 결혼하지 않겠다는 고혜란에게 강태욱은 "니 명함이 돼줄게"라는 파격적인 청혼으로 그녀에게 결혼 승낙을 받아낸다.

드라마를 보는 내내 독보적인 존재감을 뽐내는 고혜란의 매력에 나는 흠뻑 빠져들었다. 여성의 욕망에 주홍글씨를 씌우는 것은 이제 낡은 이야기가 되어버렸다. 하지만 성공을 향한 여성의 욕망을 사실적으로 그려낸 드라마는 없었다. 주체로서 욕망할 수는 있으나 성공을 쟁취하는 것은 여성의 몫이 아니었다. 처절한 생존게임에서 남자의 조력이나 배려가 없다면 여성 혼자의 힘으로 무언가를 이루어낼 수가 없었다. 그런데 고혜란은 달랐다.

성공을 향한 고혜란의 질주는 거침이 없다. 앵커 오디션을 위해 아기를 낙태하고 그런 그녀를 용서할 수 없는 남편과 등을 지게 된다. 하지만 그녀는 목표를 향한 발걸음을 멈추지 않는다. 그녀는 '명함'의 도움 없이 스스로 9시 뉴스 단독 앵커의 자리에 오르고 얼마 지나지 않아 청와대 대변인까지 넘보는 위치에 올라선다.

성공한 여성과 성 스캔들

여성은 성공을 쟁취하는 것으로 해피엔딩이 아니다. 성공 그 이후의 이야기, 즉 성공한 여성으로서 다시 한 번 생존에 '성공'해야만 한다. 남자와 달리 여자가 성공하면, 그건 뛰어난 실력이 아닌 예쁜 외모, 혹은 불온한 스폰서 덕분이라는 의혹의 시선이 존재하기 때문이다. 해명할수록 소문은 더 무성해지고 상황은 점점 더 꼬여만 가는 이런 치졸하고 지저분한 싸움에서 '서른여덟 살' 고혜란은 어떻게 대처

할 것인가. 어쩌면 여성이 성공하는 데 가장 필요한 덕목은 압도적인 업무 능력과 함께 추잡한 소문에 대처하는 의연한 태도인지 모른다.

"고혜란이가 원래 그런 걸로 유명했지. 줄 거 있으면 새끈하게 주고, 받을 거 있으면 확실하게 받고." 사람들 앞에서 그녀를 대놓고 모욕하는 남자 직장동료. 이때 고혜란은 표정 하나 변하지 않고 맞받아친다. "맞아요. 새끈하게 실력으로 주고, 화끈하게 인정받고."

오호, 이 라임 보소. 작가는 내가 아니라 고혜란 그녀다. 나보다 몇 수 위인 그녀는 한 방 세게 날리는 것도 잊지 않는다. "선배면 뭐 하나라도 선배답게 좀 굴어봐. 실력이든. 인품이든."

사실 〈미스티〉에서 남자라는 존재는 고혜란이 성공으로 나아가는 길을 방해만 하는 거추장스러운 존재다. 성공의 발판이 되어주겠다던 집안 좋은 남편은 아내의 불륜을 의심해서 스캔들 속 남자를 우발적으로 살해한다. 이걸로 끝났으면 그나마 아내를 지독히 사랑한 비운의 남자로 미화가 가능했을 텐데, 그는 그 사실을 은폐해서 고혜란을 살인 용의자로 만든다. 그리고 짜잔, 하고 그녀의 변호인이 되어 "이제 좀 나한테 기대줘라, 혜란아"와 같은 망언을 퍼붓는다.

여기서 잠깐 짚고 넘어갈 것이 있는데, 죽은 남자는 고혜란의 옛 연인으로 그녀에게 버림받았다는 이유로 복수하려고 다시 그녀 앞에 나타났다가 그런 개죽음을 당한 것이다. 세계적인 골프선수가 되기 위해 함께 고생한 자신의 아내는 내팽개치고 젊은 여기자랑 바람피우는 것도 부족해 뒤늦게 복수하겠다고 지질하게 구는 이 남자의 머릿속이 참 궁금하다. 넌 왜 사는 거니.

성공한 여성으로서 고혜란은 남성과 남성적인 사회문화에 의해 여러 차례 위기에 봉착한다. 하지만 난세에 영웅 난다고, 그녀를 가장 위기에 빠트렸던 그 살인 사건 덕분에 영원토록 남을 그녀의 명대사가 탄생한다. 성 추문이란 자극적인 타이틀로 고혜란을 살인 용의자로 보도하는 언론들, 그리고 모두가 그녀를 살인자로 의심하고 비난하는 상황에서 고혜란은 자신의 페이스를 잃지 않고 차분하게 일침을 놓는다.

"정확한 사인 규명도, 명확한 사건 전개도 없는 부실수사, 진실 확인보단 자극적인 보도로 관심부터 끌어보자는 일부 언론, 아니면 말고 보자는 무책임한 기사…. (…) 개인의 명예뿐 아니라 언론의 신뢰도까지 무너지는 일이 더 이상 되풀이되지 않았으면 합니다." 그리고 이어지는 촌철살인과 같은 그녀의 한 마디. "우리 품격 있게 좀 가자."

경찰서 앞에서 피 냄새를 맡고 먹이에 달려드는 하이에나 같았던 기자들은 그녀의 말에 홍해의 기적처럼 길을 터준다. 오오, 언니 멋있어. 그녀의 당당함은 대체 어디에서 나오는 것일까. 그녀는 자신이 옛 애인의 살인 용의자로 의심받을 때도 자신이 진행하는 뉴스에서 그 사실을 직접 보도하고, 나중에 남편이 살인자라는 것을 알게 되었을 때도 그 사실을 국장에게 알려 보도할 것을 지시한다. 위풍당당 품위 있는 그녀의 태도는 어떤 상황에서든 자신의 신념을 잃지 않고 자신만의 길을 우직하게 가는 뚝심에서 비롯된다. 듬직한 그대의 이름은 여자, 고혜란이여.

성 스캔들에 이어 '여성의 적은 여성'이라는 낡은 프레임까지 〈미스티〉는 직장에서 여성이 살아남기 위해 꼭 참고해야 할 바이블과 같다. 극 중 고혜란에게 밀려난 남자 선배는 그녀를 밀어내기 위해 젊은 여자 기자 한지원(진기주)을 앵커 후보로 내세운다. 고혜란과 한지원의 대립 구도는 드라마의 한 축을 차지하며 극에 긴장감을 부여한다. "욕심 부리지 마세요. 그 나이에. 추해요." "네 젊음이 실력 같지? 그래서 내가 비켜주면 앉을 자신은 있니? 자신 있음 한번 앉아보든가."

두 사람의 갈등이 극에 달할 무렵, 고혜란은 승부수를 던진다. 방송 몇 분 전 방송사고로 이어질 수 있는 긴박한 상황에서 그녀는 데스크를 박차고 나오며 국장에게 한지원을 대전으로 발령 보낼 것인지, 아니면 이대로 앵커 없는 방송을 내보낼 것인지 선택하라고 말한다. 그리고 장엄하게 흐르는 내레이션. "살면서 이런 막다른 곳에 몇 번이나 부딪혀봤다. 더 이상 앞으로 나아갈 수도, 물러날 수도 없는 상황. 그런 상황에서 나는 단 한 번도 도망치거나 피해본 적이 없다. 무조건 정면 돌파. 내가 부서지든가, 네가 부서지든가. 그리고 나는 한 번도 진 적이 없다."

물론 결과는 고혜란의 승리. 하지만 '우리의 언니' 고혜란은 여기에서 멈추지 않는다. 여자는 왜 여자의 적이 되는 걸까. 그건 여자에게 허락된 자리가 한정적이기 때문이다. 주어진 파이가 한 조각뿐이니 누가 가질 것인가를 두고 서로 경쟁할 수밖에 없는 구조인 것이다. 이때 우리의 언니는 하나의 파이를 두고 다투기보다 파이의 개수를 늘리기 시작한다.

청와대 대변인을 향해 전진하는 과정에서 고혜란은 데스크 회의 도중 한지원의 기획기사를 든든하게 지원해줌으로써 '여성 후배'가 실력을 증명할 기회를 만들어준다. 그리고 남성이 만든 이미지에 갇혀 있는 그녀에게 기자로서 스스로 걸어가야 할 길을 알려준다. "책임을 갖고 최선을 다해. 지지도 말고 쫄지도 말고." 두 사람은 무소불위 적폐세력 카르텔의 비리를 폭로하며 '뉴스는 팩트다'라는 기자로서의 신념을 공유하고 화끈하게 연대한다. 역시 대세는 워맨스다.

오래 기억에 남는 장면이 하나 있다. 불 꺼진 데스크에서 고혜란이 자기 자신에게 "잘했다. 오늘도 잘했다. 고혜란"이라고 낮게 읊조리는 모습. 그때 고혜란의 얼굴은 기쁨과 슬픔, 행복과 아픔, 의연함과 처연함 등 서로 모순된 다양한 감정이 한데 뭉쳐 있는 듯 보인다. 그 오묘한 표정에서 우러나오는 깊은 여운 때문에 나는 마음이 무거웠다. 내가 편안히 서 있는 이 자리가 그녀와 같은 '언니들'의 고군분투 덕분이라는 것, 그걸 새삼 깨닫는 순간이었다.

고마워요, 언니들.

하노라 〈두번째 스무살〉

고마운 건 고마운 거고 피곤한 건 피곤한 거다. 사람에 치이고 일에 치여 녹초가 되었을 때 집에서만큼은 편히 쉬고 싶은 게 사람 마음이다. 잠시만이라도 현실의 어려움은 잊고 판타지 세계에 몸을 담그고 싶다는 간절한 소망이 몽글몽글 피어오를 때 시청하면 좋을 드라마가 바로 〈두번째 스무살〉이다. '서른여덟 살 아줌마의 파릇파릇 유쾌 발칙 캠퍼스 로맨스'라는 타이틀에 걸맞게 드라마의 전체적인 톤이 밝고 맑고 순수하다.

하노라(최지우)는 고등학생일 때 연상의 남편을 만나 임신한 이후로 가정주부로 쭉 지내다가 남편의 이혼 통보를 듣고 인생을 리셋하기로 결심한다. 여기까지만 들으면 매우 우울한 이야기일 것 같지만 드라마의 진짜 이야기는 그녀가 스무 살 아들과 함께 대학에 입학한 이후에 펼쳐진다. 검정고시를 거쳐 뒤늦게 대학 새내기가 된 그녀는 흥미진진한 '회춘'을 경험하게 되는데, 십 대 시절 잃어버린 꿈도 찾고 대학교수가 된 고교 남자 동창과 만나 핑크빛 해피엔딩도 이루어낸다. '하노라'라는 마법의 주문과도 같은 이름 덕분일까. 드라마를 보고 있노라면 뭐든 해낼 수 있을 것 같다는 막연한 희망과 기대가 생겨난다. 다 하노라!

드라마를 보는 또 하나의 재미 포인트는 배우 진기주다. 그녀는 〈미스티〉에서는 한지원 역을 맡아 고혜란을 힘들게 하더니만 이 드라마에서는 하노라의 든든한 지원군인 스무 살 대학생으로 등장한다. 서른여덟 살 여자와 무슨 인연이 이리도 깊은 것인지 신기할 따름이다.

오 마이 베이비

아직도 생생하게 기억한다. 건널목에서 신호등이 바뀌길 기다리고 있었다. 함께 있던 이모가 내게 커서 무엇이 되고 싶냐고 물었다. 열두 살의 나는 '세 아이의 엄마'가 되고 싶다고 말했다. 의사도 화가도 대통령도 아닌 '엄마'. 나의 대답에 이모가 어떤 표정을 지었는지는 여러분의 상상에 맡기겠다.

짐작건대 그때의 나는 '직업'이란 건 당연히 있고 오히려 엄마가 되는 게 어렵다고 생각했던 것 같다. 사춘기 시절 내 마음을 이해해주지 못하는 '공대생' 엄마가 원망스러웠으니까. 조금 다른 의미지만 지금도 나에게 '엄마 되기'란 이루고 싶은 꿈이자 이루기 어려운 미션이다. 어린 시절에는 정신적으로, 지금은 육체적으로. 누군가의 엄마가 된다는 건 도대체 어떤 기분일까.

비혼주의 시대의 이단아

〈오 마이 베이비〉의 장하리(장나라)는 장래희망이 '엄마'인 서른아홉 살 잡지사 기자다. 극심한 통증으로 찾은 병원에서 그녀는 자궁내막 수술을 받아야 한다는 진단을 받는다. 그런데 수술 후에는 가임력이 현저히 떨어질 수 있다는 의사의 말에 갑자기 마음이 급해진다. 서른아홉 살 여성의 자연임신 확률은 7퍼센트라는데, 여기에서 더 떨어질 게 있단 말인가.

회사 송년의 밤에서 지인 소개로 만난 포토그래퍼에게 "나랑 결혼할래요?"라고 고백하는 장하리. 그녀의 간절함을 이해하지 못한 상대 남자는 "외로우면 차라리 개를 키워요"

라고 악담을 퍼붓는다. 맞선에서 만난 돌싱남도 그녀의 상황을 이해하지 못하기는 마찬가지. 늦둥이를 낳은 트럼프 대통령 운운하며 육십에도 애는 낳을 수 있으니까 "천천히 알아가자"라는 남자에게 장하리는 이성을 잃고 발끈한다. "나는 시간이 없다고요."

연애도 결혼도 노력대로 안 된다는 걸 깨닫는 나이, 서른아홉. 장하리는 오랜 고민 끝에 결혼은 하지 않고 아이만 낳기로 결심한다. "결혼은 50에도 60에도 할 수 있지만 아이는 아니잖아요." 결혼보다 출산을 먼저 하겠다는 그녀의 당찬 출사표를 내세워 드라마는 본격적인 이야기를 시작한다. 일종의 '임신' 모험담이랄까.

〈오 마이 베이비〉는 '결혼'보다 '비혼'을 선호하는 시대에 무슨 아이 타령이냐는 야유와 함께 구시대적인 드라마라는 오명을 들으며 종영했다. 하지만 시청자의 외면을 받은 그 이유 때문에 나는 너무나 공감하면서 드라마를 시청했다. "나는 시간이 없다고요." 나와 똑같은 고민을 가진 여자가 저기 저 브라운관에 있었다. 장하리는 서른아홉 살의 '나'였다.

'나의 거울' 장하리는 자료 조사 과정에서 정자를 기증받으면 미혼 여성도 '합법적'으로 출산할 수 있다는 걸 알게 된다. 그리고 용감하게 실행에 옮긴다. 그런데 정자를 미끼로 사기를 치려던 남자 때문에 경찰서에 가게 되고, 이 일이 뉴스에 보도되면서 온갖 비난에 시달린다. 심지어 직장에서 해고당할 위기에 내몰리기까지 한다.

사실 그녀를 힘들게 하는 건 이름 모를 타인의 비난보다 주변 사람들의 차가운 시선이다. 어린 시절부터 가족처럼 가깝게 지낸 남사친은 본인도 이혼하고 혼자 아이를 키우면서 그녀에게는 왜 이렇게까지 애를 낳으려고 하냐고 나무라고, 아빠 없이 딸을 키운 장하리의 엄마는 혼자 아이를 키우는 삶이 얼마나 고달픈지에 대해 토로하며 그녀를 꾸짖는다.

〈오 마이 베이비〉를 보는 내내 나는 장하리가 과연 이 난관을 어떻게 돌파할까 궁금했다. 가난한 상상력을 가진 나로서는 도저히 서른아홉 살 미혼 여성의 임신 문제를 해결할 자신이 없었다. 무엇보다 나 자신이 왜 이렇게 '아이'에

집착하는지 알 수가 없었다. 왜 이렇게 고리타분하게 '아이 있는' 삶을 희망하는 걸까. 그러다 우연히 드라마의 한 장면을 보고 깨달았다.

장하리와 그의 오랜 친구 둘이 함께 모여 술을 마시는 장면이었다. 한 명은 미혼 잡지사 기자, 한 명은 쌍둥이를 둔 경단녀, 한 명은 싱글대디 소아과 의사. 서른아홉이란 나이만 같을 뿐 그들의 직업과 현재 가족 유형은 너무나도 달랐다. 그리고 그들이 마시는 술도 그들의 삶처럼 다 달랐다. 소주, 맥주 그리고 와인. 서로 다른 세 유형의 삶이 사이좋게 어우러지고 있었다. 술자리에서는 주종을 통일하거나 섞어 마시는 모습이 당연한 줄로만 알았는데….

"난 행복해지고 싶어요." 왜 그렇게 애를 낳으려고 하느냐는 사람들의 질문에 장하리는 이렇게 답한다. 누군가는 명품을 구매하는 것으로 만족감을 느끼고, 누군가는 친구들과 여행을 다니는 것으로 즐거움을 느끼는 것처럼 그녀는 자신의 품에 안겨 방긋 웃는 아이를 바라보는 것으로 편안함을 느끼는 사람인 것이다. 우리는 모두 자기만의 방식으로 행복을 추구한다.

십 대 시절 지어놓은 다섯 명의 아이 이름이 이제는 가물가물하다. 하지만 그때 내가 꿈꾸던 행복한 미래의 풍경은 여전히 내 마음속에 남아 있다. 작은 정원, 자전거, 아이들의 웃음소리….

난임의 세계에 성별은 없다

드라마가 중반부를 넘어가면서 나의 집중도는 현저히 떨어졌다. 장하리에게 정자를 기증하겠다고 세 명의 남자가 앞다투어 나서는 상황이라니, 이건 해도 해도 너무한 거 아닌가. 드라마를 보고 "이건 너무 드라마 같은 상황이잖아"를 외친 건 오랜만이었다. 하지만 얼마 지나지 않아 다시금 드라마에 몰입할 수 있었다. 장하리와 사랑에 빠진 그 남자, 한이상(고준)이 난임으로 밝혀졌기 때문이다. 아이를 갖고 싶은 여자와 아이를 가질 수 없는 남자의 만남이라니.

왠지 낯선 이 설정이 나는 너무나 낯익게 느껴졌다. 장하리는 서른아홉 살이란 나이 때문에 임신하지 못할 수 있다고 걱정한다. 그런데 가만히 생각해보면 장하리가 만날 남자들 역시 아이를 갖기 어려운 상황일 가능성이 크다. 평균적으로 한국 여성은 연상의 남자와 결혼할 확률이 높으므로 장하리가 만날 남자 역시 나이가 많아 임신 가능성이 그다지 크지 않다. 극 중 장하리의 맞선남이 트럼프 대통령 운운하며 예순 살에도 임신할 수 있다고 허세를 부리지만 그건 트럼프니까 가능한 일이다. 무시무시한 코로나도 가뿐히 이겨낸 사람 아니던가.

늘 인생의 플롯을 고민하는 '작가' 김민정은 그런 불가피한 상황에 대비해 '입양'을 매우 진지하게 생각해왔다. 물론 예상대로 내가 입양에 관해 이야기했을 때 모두 다 만류했다. 미디어에서 다루는 입양 관련 스토리가 대체로 어둡다 보니 당연한 반응이었다. 하지만 복잡하게 생각하면 끝도 없이 복잡하고 간단하게 생각하면 아주 간단한 문제라고 나만의 결론을 냈다. 나는 아이가 필요하고 아이는 엄마가 필요하다고. (함께 살 동반자의 동의도 필요하겠지만.)

이 책을 읽고 있는 독자의 대다수가 아이와 결혼을 '갈망'하는 이 드라마에, 나의 글에 공감하지 못할지 모른다. 어쩌면 극 중 장하리의 회사 후배들처럼 "근데 요새 누가 결혼을 해요? 그냥 혼자 사세요, 쭉"이라고 핀잔을 주거나 '요새 누가 아이를 낳아요?'라고 구시대적인 내 생각을 걱정할지도 모른다. 이해한다. 이십여 년 동안 나를 옆에서 지켜봐온 동갑내기 고교 동창도 이해하지 못하는 마당에 나이 어린 그대들이 오죽하겠는가. 하지만 "무서운 얘기 하나 해줄까. 내가 니들 미래야." 장하리의 대사를 빌려 말하자면 이 촌스러운 생각도 고스란히 대물림된다. 나도 서른여덟까지는 무서울 게 없었다. 세상에 남자는 많고 나는 '지나치게' 건강했다. 하지만 서른아홉 살에는 통증도 서른아홉 배 증가한다. 이게 바로 서른아홉의 법칙이다. 나이 드는 것도 서러운데 아플 때 혼자 있어봐라. 저절로 옆구리가 시큰거린다.

배타미 〈검색어를 입력하세요 WWW〉

장하리와 정반대 캐릭터를 드라마에서 찾으라면 〈검색어를 입력하세요 WWW〉(이하 〈검블유〉)의 '배타미'(임수정)를 제일 먼저 떠올릴 수 있다. 방영 당시 '센 언니' 캐릭터를 아주 세련되게 소화해내서 삼십대 후반 여성들의 워너비로 등극한 '배타미'. 그녀는 결혼과 아이, 그 무엇에도 구애받지 않는 서른여덟 살의 진정한 비혼주의자다.

인터넷 포털 회사 임원인 그녀는 경쟁사에 스카우트될 정도로 뛰어난 업무 능력을 인정받았을 뿐 아니라 타고난 외모와 패션감각으로 어디서든 눈에 띄는, 여러 방면에서 매력적인 인물이다. 그녀가 가진 것 중 가장 매혹적인 것은 역시나 그녀가 사귀는 연하남 '박모건'이다. 서른여덟 살인 그녀보다 열 살 어린 스물여덟 살의 게임음악 제작회사 대표인 그는 "나 버리지 마요"라며 비혼주의자인 그녀를 애절하게 붙잡는다. 아, 박모건을 연기한 배우 장기용의 날카로운 턱선이 아직도 눈에 선하다. 나라면 지금 당장 결혼해줄 수 있는데,

하고 안타까워하며 드라마를 애청했다.
박모건은 어린 시절 입양된 과거로 인해 트라우마가 있다. 그래서 일찍 가정을 꾸리고 싶어 한다. 어쩌면 그의 “나 버리지 마요”는 단순히 연하남의 유약한 사랑 고백이 아니라, 그의 과거사에서 비롯된 가슴 아픈 고해성사인지 모른다. “너 아프게 하는 사람은 모두 죽여버리겠다”는 무시무시한 말로 그의 마음을 뒤흔들어놓은 배타미는 그럼에도 불구하고 그의 청혼을 거절한다. 자신은 비혼주의자이기에 그를 사랑은 하지만 사랑과 결혼은 별개라고 선을 긋는 것이다.

과연 이 드라마는 어떻게 결말을 지을 것인가. 나는 관심을 가지고 지켜보았다. 박모건의 입장이 되어 배타미가 나를 받아주기만을 간절히 바라는 마음이었다. 하지만 드라마는 ‘함께 하는 동안은 열심히 사랑하자’라는 열린 결말로 막을 내리면서 나의 기대에 찬물을 뿌렸다. 삶의 방식이 다른 두 사람의 만남과 이별 그리고 영원한 사랑. 아, 〈검블유〉는 어느 한쪽이 다른 한쪽으로 수렴되지 않고 공존하는, 다성성(多聲性)의 세계를 지향하는 세련된 드라마였던 것이다.
아, 아, 아, 배타미! 내가 무서운 얘기 하나 해줄까…. 우리 내년에 장하리 씨와 함께 만나요.

5
여명의 눈동자

"난 열심히 살았어.

다시 산다 해도 그렇게밖에는 할 수 없었을 거야.

자네가 안됐군. 앞으로도 많이 살아야 할 텐데….

제대로 산다는 게 아주 힘들 텐데…."

송지나

마흔 살

오혜원

밀회

격동의 젊음을 통과하는 동안 나도 모르는 사이 마흔에 대한 환상을 키워왔었던 것 같다. 막연하게 '그' 나이가 되면 평온한 마음으로 세상을 바라보고 사람을 대할 수 있겠지, 하고 기대했던 것이다. 우아함과 여유로움 사이, 뭐 그런 느낌. 불혹(不惑). 미혹되지 아니함. 마음을 흐리게 하는 그 무엇에도 홀리지 않는 나이가 바로 마흔이니까.

아주 잠깐이라도 주위를 둘러봤더라면, 그래서 '마흔'이 지난 사람들의 불안한 눈빛을 목격했더라면 그런 엄청난 착각은 하지 않았을 텐데.

마흔 살의 워너비

〈밀회〉의 오혜원(김희애)은 완벽한 스펙을 가진 마흔 살 여자다. 명문대 음대를 나와 미국으로 유학을 다녀왔고 현재는 영향력 있는 예술재단에서 기획실장으로 근무 중이다. 연봉 1억이란 걸 굳이 언급하지 않더라도 그녀는 엘리트 코스를 차근차근 밟아온 듯한 인상을 준다. 누가 봐도 마흔 살의 그녀는 성공한 전문직 여성이다. 여기에 대학교수 남편까지 더하면 일과 사랑 두 마리 토끼를 모두 잡은 완벽한 삶이라고 자부할 수도 있겠다.

나이보다 어려 보이는 것이 요즘 트렌드라지만 배우 김희애가 연기하는 오혜원은 동안의 외모를 내세우지 않는다. 트렌드를 좇지 않음으로써 획득한 클래식함이 오히려 그녀를 더 돋보이게 만든다. 뭐랄까. 우아하다고 해야 할까. 강경화 외교부 장관의 염색하지 않은 반백 헤어스타일이 강력한 카리스마를 뿜어내는 것과 같은 이치다. 사십 년이란 세월을 당당하게 드러냄으로써 자신이 살아온 삶을 인정하고 존중하는 느낌. 모름지기 남에게 존중받으려면 스스로 자기 자신을 존중할 줄 알아야 하는 법이다. 오혜원은 겉만 번지르르한 빈 껍데기가 아니라 속이 알찬, 자존감이 높은 사람이다.

〈밀회〉가 '마흔 살 유부녀의 불륜'이라는 자극적인 소재를 다룸에도 웰메이드라는 평가를 받았던 것에는 배우 김희애가 뿜어내는 특유의 고상한 분위기가 한몫하지 않았을까 싶다. 배우 김희애의 아우라는 오혜원이란 등장인물을 만나서 우아하게 빛을 발한다. 화려하지만 가볍지 않고 고상하지만 권태롭지 않은 오혜원의 얼굴이 김희애를 통해 완성된다.

성공한 사람들의 법칙

그 자체로 완벽한 오혜원의 삶에 이선재(유아인)라는 낯선 타인이 등장한다. 첫 만남은 퀵 배달하는 이름 모를 청년이었지만 우연한 계기로 엄청난 재능이 '발각'되어 남편의

제자가 된 스무 살 남자. 배우 유아인이 연기하는 이선재는 영화 〈굿 윌 헌팅〉의 '불행한 천재' 윌(맷 데이먼)을 연상시킨다. 감출 수 없는 천재적 재능과 그것을 더욱 도드라지게 만드는 빈곤한 삶.

오혜원은 '가난한 천재 청년' 이선재가 제대로 된 음악 교육을 받을 수 있도록 물심양면 도와준다. 직접 개인 교습을 해주기도 하고 대학에 특례입학할 수 있도록 오디션에 참여시키기도 한다. 가난한 젊은 천재에게 필요한 것은 물질적 지원이니까. 그리고 이 모든 배려는 마흔이 된 지금도 마음 한구석에 남아 있는 스무 살의 가난한 오혜원에게서 비롯된다.

미국 유학 시절, 그녀는 자신을 후원해준 회장의 딸을 따라다니며 수발드는 일을 했다. 연봉 1억의 기획실장이란 직분도 회장과 회장의 아내인 이사장, 회장의 딸인 아트센터 대표의 삼중 첩자 노릇을 힘겹게 하면서 얻어낸 것이다. 남편이 대학교수가 된 것도 알고 보면 그녀의 처절한 흑역사를 발판 삼았다. 이 모든 "더러운 일"을 감당하면서 지켜낸 것이 지금 현재 마흔 살 오혜원의 우아함이다.

'자수성가형' 성공한 사람들이 그러하듯 그녀는 젊은 시절의 자신과 선재를 동일시하면서 그를 훌륭한 피아니스트로 성공시키기 위해 자기만의 가이드라인을 제시한다. 연애니 사랑이니 "주제넘게 굴지 말고" 피아노만 열심히 쳐라. 그런데 문제는 스무 살의 이선재가 그때 그 시절 오혜원은 아니라는 사실이다. 성공한 사람들이 가장 많이 하는 실수. 내가 갔던 길을 그대로 타인에게 강요하는 것. 이선재가 원하는 것은 성공이 아니다.

진심은 숨긴 채 사랑을 계속 거부하는 오혜원에게 이선재는 거침없이 묻는다. "평균 수명 길어져서 백 살도 더 넘게 산다는데, 그러다 정말 재수 없으면 남은 육십 년 사랑 없이 사셔야 해요. 자신 있으면 그렇게 하시던가요." 그 말에 오혜원은 어린애처럼 울음을 터뜨린다. 화면에 나오진 않았지만 그녀의 머릿속을 가득 채웠을 오욕의 시간들, 그리고 유일한 가족인 한 남자의 차가운 그림자. 회장 패밀리에게 봉변당한 그녀에게 위로는커녕 야유를 퍼붓고 참고 살 것을 강요하는 남편. 그리고 그를 향해 외쳤던 그녀의 절규는 결국 돌고 돌아 그녀 자신에게로 되돌아온다. "남이 보

면, 누가 들으면, 당신은 그게 중요하지?"

인생의 전환점

〈밀회〉는 인생의 전환점을 맞이하고 이전과는 전혀 다른 삶을 살게 된 마흔 살 여자의 이야기다. 누구나 마흔 살이 되면 한 번쯤은 성찰의 시간을 가지기 마련이다. 그 계기는 친구의 갑작스러운 죽음일 수도 있고, 예기치 못한 명예퇴직일 수도 있다. 살아온 날과 살아갈 날이 비등비등해졌을 때 부지불식간에 중간 점검의 시간이 다가온다. 나는 지금까지 잘 살아온 건가. 이대로 살아도 되는 건가. 남은 삶은 어떻게 살 것인가.

드라마를 다 보고 나서 오혜원이 걸어온 길을 다시금 생각해봤다. 나라면 그런 결단을 내릴 수 있었을까. 모든 걸 다 버리고 새롭게 시작할 수 있었을까. 그냥 주어진 것들이 아니라 내가 힘겹게 쟁취해낸 것들을 다 포기할 수 있었을까. 그것도 마흔 살에. 잠깐 앉았다가 일어나는데도 '어이쿠' 하고 무릎 관절에 손이 먼저 가는 나이에. 격렬하게 군무 추는 아이돌을 보고 뛰어난 춤 실력이 아니라 가벼운 몸놀림에 감탄하게 되는 이 나이에.

조금 비겁한 변명을 해보자. 내게도 이선재가 있었다면, "내려갈 때가 더 위험해요"라며 자기 손을 잡으라고 든든하게 말해주는 사람이 있었다면, 그렇다면 나도 지금과는 다른, 조금 더 가치 있는 삶을 살 수 있지 않았을까. 오래전부터 품어왔지만 차마 지금은 꺼내볼 엄두가 나지 않는 작은 꿈들을 이야기할 수 있지 않았을까.

물론 마흔 살의 김민정에게도 누가 찾아왔다. 스무 살의 이선재, 아니 일흔 살의 한 남자.

일흔 살의 그는 사랑도 성공도 그 무엇에도 욕심을 내지 않는다. 그저 살아 있음을 희망할 뿐이다. 무너져가는 육신과 영혼을 조금이라도 붙잡고 싶다는 그의 간절한 소망 앞에서 내게 주어진 시간의 천칭이 지금과는 정반대 방향으로 기울기 시작했다는 걸 나는 단번에 눈치챘다.

남은 삶 동안 너는 어떻게 살 거니?

어린아이처럼 작아진 아버지의 병든 몸과 달리, 일평생 그에게 받기만 했던 철없는 딸은 이미 아버지보다 목소리가 커져버렸고 일찍 결혼했다면 스무 살 대학생 아들도 있을 나이가 되었다. 이제는 내가 그의 손을 잡아주어야 할 때다. 그가 인생의 계단을 내려가는 동안 조금 덜 외롭도록 그의 옆에 내가 있어야 할 때다. 그렇게 다짐하고 또 다짐한다. 그런데 자꾸만 다리가 후들거린다. 혼자 똑바로 서 있는 것만으로도 버겁다. 그리고 그 사실이 부끄럽고 창피하다.

아무래도 지금 쓰고 있는 이 책이 조금 더 두꺼워져야 할 것 같다. 불안한 나의 눈빛을 그에게 들키지 않을 때까지, 세상의 모든 두려움으로부터 그를 지킬 수 있을 때까지, 내려가는 건 위험하니까 "제 손을 잡으세요"라고 아버지에게 자신 있게 말할 수 있을 때까지.

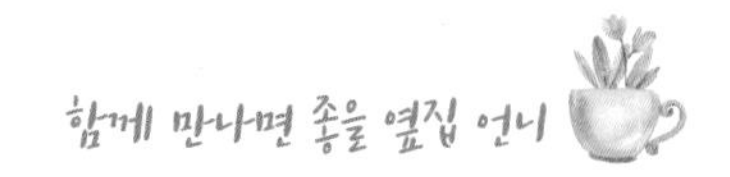

채송화 〈슬기로운 의사생활〉

2020년 나는 '한국 나이'로 마흔이 되었다. 마흔 살이 되고 가장 좋았던 것은 외모에 신경을 덜 써도 된다는 것이었다. 확실히 외출하기 전에 거울을 보는 횟수와 시간이 줄어들었다. 공교롭게도 나이 마흔과 코로나 19가 맞물렸기 때문에 그랬는지도 모른다. 마스크를 쓰면 누가 누군지 알 수가 없으니까.

하지만 그런 상황을 충분히 감안하더라도 서른아홉 살의 나와는 큰 차이가 있었다. 뭐랄까, 나에 대해 관대해졌다고 해야 할까. 더 이상 거울 속 이 낯선 아줌마는 대체 누구인가, 하고 자학하는 시간이 짧아졌다. 대신 있는 그대로의 나를 바라볼 수 있는 '너그러움'이 생겼다. 오혜원의 최후진술을 빌려 말하자면, "저는 지금 오직 저 자신한테만 집중하려고 합니다."

〈슬기로운 의사생활〉의 채송화(전미도)가 눈에 들어온 건 아마도 달라진 내 시선 때문이었을 것이다. 안경을 쓴 여자주인공이라니! 아무리 의학 드라마라고 하지만 두 남자와 멜로 라인을 형성한 명실상부 로맨스 여주였다.

극 중 채송화는 신경외과 유일의 여자 교수로 자기 일을 똑 부러지게 하면서도 겸손하고 온유한, 그래서 모든 등장인물을 통틀어 가장 정서적으로 안정된 인물로 나온다. 환자에게는 친절한 의사로, 후배에게는 믿음직한 선배로, 친구에게는 다정한 상담사로, 자신에게 맡겨진 역할들을 그녀는 충실히 해낸다. 그렇다고 해서 자기 자신과의 시간을 소홀히 하는 건 아니다. 캠핑이 취미인 그녀는 수시로 혼자만의 시간을 가진다. 나를 가장 잘 아는 사람도 나고, 나를 가장 소중히 여기는 사람도 나라는 사실을 그녀는 잘 알고 있는 듯 보인다.

사랑스럽기보다는 존경스러운 이 로맨스 여주의 극 중 나이는 마흔 살이다. 하지만 2020년 방영 당시 기준으로 99학번이니까 정확히는 마흔한 살이다. 그녀와 나 사이에 일 년이란 시간이 흐르고 있단 얘기다. 오혜원처럼 결단력 있는 '용감한' 여성으로서 마흔 살을 무사히 통과하고 난 다음에, 나는 채송화처럼 '평온한' 마흔한 살을 맞이하고 싶다. 나를 온전히 품을 수 있을 때 다른 사람도 너그럽게 바라볼 수 있을 테니까.

오늘 밤도 나는 침대에 누워 을지로 조명 거리에서 발품을 팔아 산 스탠드 조명을 켠다. 단 몇 분이지만 은은한 불빛 아래 좋아하는 노래를 들으며 하루 동안 지친 마음을 위로한다. 오늘 하루 수고하셨습니다. 나에게 건네는 안부 인사가 연인의 사랑 고백보다 애틋하다.

언니가 있다는 건 좀 부러운걸

1판 1쇄 발행 2021년 8월 20일

지은이 김민정
펴낸이 윤혜준 **편집장** 구본근 **디자인** 스튜디오 진진 **마케팅** 권태환

펴낸곳 도서출판 폭스코너
출판등록 제2015-000059호(2015년 3월 11일)
주소 서울시 마포구 월드컵북로 400 문화콘텐츠센터 5층 9호(우 03925)
전화 02-3291-3397 **팩스** 02-3291-3338
이메일 foxcorner15@naver.com
페이스북 www.facebook.com/foxcorner15
인스타그램 www.instagram.com/foxcorner15

ISBN 979-11-87514-71-8 03810